Schwarzer König – Weiße Dame

Gesine Sidan

**Schwarzer König
Weiße Dame**

Ein Drehbuch zur Liebe

Bibliografische Information der Deutschen Nationalbibliothek:
Die Deutsche Nationalbibliothek verzeichnet diese Publikation in der Deutschen Nationalbibliografie; detaillierte bibliografische Daten sind im Internet über http://dnb.dnb.de abrufbar.

© *2016* **Gesine Sidan**
Kontakt: gesine.sidan@posteo.de

Cover-Foto: Pixabay

Herstellung und Verlag: BoD –
Books on Demand, Norderstedt

*ISBN: 978-3-**7431-0320-7***

Inhaltsverzeichnis

1. Blaue Weihnacht 7
2. Affenliebe 38
3. Himmel 67
4. Hölle 103
5. Masken 141
6. Kuscheltiere 164

1. BLAUE WEIHNACHT

1.
INNEN – SCHOKOLADENFABRIK – TAG

Legionen von "nackten", braunen Weihnachtsmännern aus Schokolade ruckeln über ein Fließband, werden binnen Sekunden einer nach dem anderen mit buntem Glanzpapier umhüllt und auf dem Fließband weitergeschoben, an dessen Ende schon eine Armee von verpackten Weihnachtsmännern in Paletten zusammengeschoben wird.

2.
INNEN – SUPERMARKT - TAG

Weihnachtsmusik dudelt durch die Verkaufsräume. Eine VERKÄUFERIN baut die gleichen Schokoladen-Weihnachtsmänner zu einer gigantischen Pyramide auf, neben der bereits andere Türme mit Weihnachts-Produkten stehen.
An der Kasse scannt eine andere VERKÄUFERIN den gleichen Weihnachtsmann ein und schiebt ihn weiter.

3.
INNEN - KRANKENHAUS/FLUR -TAG

Ein Pappteller mit Keksen, in dessen Mitte der gleiche Schokoladenweihnachtsmann prangt. Eine Frauenhand greift danach, wickelt ihn aus dem Glanzpapier und beißt ihm den Kopf ab.
Es ist Oberschwester INGRID.
Ingrid ist um die Fünfzig, rundlich und stark geschminkt.
Sie sitzt an ihrem Schreibtisch im Stationsbüro.
Der Krankenhaus-Flur und das Büro sind weihnachtlich geschmückt.
An der Wand hinter Ingrid hängt ein Kalender, der den **24. Dezember 2006** anzeigt, eine Uhr daneben zeigt 13.05. Darum herum an den Wänden Fotos von Kindern und krakelige Kinderzeichnungen.
Ingrid lässt jetzt einen aufziehbaren Plastik-Weihnachtsmann den Schreibtisch entlang tuckern, fängt ihn im allerletzten Moment, bevor er von der Tischkante stürzt, in ihrer hohlen Hand, um ihn dann in die andere Richtung tuckern zu lassen.
In der Stille ist nur das Schnarren der Weihnachtsmann-Füßchen zu hören.

Jetzt dringt aus dem Ärztezimmer nebenan das gedämpfte, aber doch unverkennbare, rhythmisch anschwellende Stöhnen einer Frau, die sich dem Orgasmus nähert, in den Flur. Oberschwester Ingrid ignoriert das Stöhnen vollständig und lässt unbeirrt den Plastik-Weihnachtsmann tuckern.

Zwei junge KRANKENSCHWESTERN laufen jetzt den Flur entlang und kommen am Stationsbüro vorbei, ohne mit Schwester Ingrid auch nur einen Blick zu tauschen.-

Genauso gleichmütig gehen sie am Ärztezimmer vorbei, ohne dem gut hörbaren Stöhnen auch nur die allergeringste Beachtung zu schenken.

4.
INNEN   −   KRANKENHAUS/ÄRZTEZIMMER   -   NACHT

Dämmerlicht. Auf dem Schreibtisch ein elektrisch blinkendes Weihnachtsbäumchen und ein PC, auf dem ein Dienstplan leuchtet.
Auf dem Sofa neben dem Schreibtisch liegt bäuchlings Assistenzarzt DAVID, unter ihm seine Kollegin MARIE.
David ist Anfang dreißig und außergewöhnlich schön.
Marie ist ebenfalls Anfang dreißig, nicht so attraktiv wie David, aber sehr sexy.
Beide tragen noch ihre aufgeknöpften Arztkittel und haben nur ihre Jeans und Unterhosen herunter geschoben.
Auf dem Gesicht von Marie ein wohliges, erlöstes Lächeln.
David hat sein Gesicht an ihrem Hals in ihren langen Haaren vergraben.
Er schluchzt leise auf.
Sie nimmt seinen Kopf in die Hände, will sein Gesicht sehen, aber David wehrt ab.
Davids Handy klingelt. Jetzt muss er sich aufsetzen.
Er dreht sich beiseite und wischt sich schnell die Tränen von den Wangen.

DAVID
Pädiatrie: Ja. Ich komme.

Marie rappelt sich ebenfalls auf und steckt ihr Haar hoch.
Sie streift ihn mit neugierigen, belustigten Seitenblicken.
Sie betrachtet Davids außergewöhnlich schönes, aber todtrauriges Gesicht.
David sitzt jetzt vor ihr, umklammert sie und drückt sein Gesicht an ihren nackten Bauch.
Marie schiebt ihn sanft von sich und zieht ihre Hose hoch.
David schnieft verlegen.

DAVID
Hat nichts mit *dir* zu tun…

Sie lächelt.

MARIE
Weiß ich doch.

DAVID (irritiert)
Was!!!?

MARIE
Na: dass das nichts mit *mir* zu tun hat.

David umklammert sie wieder. Sie schiebt ihn weg und knöpft ihren Kittel zu. Er sieht sie fragend an.

MARIE

Hach mein Gott: das spricht sich doch herum. Du schläfst dich durch sämtliche Stationen. Durch Sämtliche! Und: du weinst jedes Mal danach. In der Ambulanz, da nennen sie dich den weinenden Womanizer -

Beide ziehen sich jetzt rasch an.

MARIE
Und in der Psychiatrie...warte mal: Ach ja: den depressiven Don Juan.

David stöhnt auf. Marie mustert ihn skeptisch.

MARIE
Wie wär's mal mit Therapie?
Sexsucht und Depression: Das kann man doch behandeln.

David winkt wieder ab. Marie knöpft ihm fürsorglich einen Kittelknopf zu und wuschelt ihm durchs Haar. David wehrt ihre Hand ab. Marie zuckt die Achseln und geht zur Tür.

MARIE
Dann eben nicht. Im Grunde wär's auch schade. Um den Sex.

5.
INNEN – KRANKENHAUS/PERSONALRAUM – TAG

David, jetzt in Jeans und Winterjacke, stellt seine schwarze Sporttasche auf den Boden neben eine andere, sehr ähnliche schwarze Tasche.
Er kramt im Medikamentenschrank, holt einige Päckchen Tabletten heraus und stopft sie hastig in seine Jackentaschen. Die Tür geht auf und Schwester Ingrid kommt herein.
David schreckt ertappt zusammen, schließt schnell die Schranktür, geht auf Ingrid zu und umarmt sie heftig und lange.
Sie schiebt ihn von sich, fixiert ihn fragend.
David zuckt die Achseln und drückt sie wieder an sich.

DAVID
Du Ingrid: hab ich dir schon mal gesagt, was für eine wunderbare Kollegin du bist?

Ingrid nickt und schmunzelt. David umarmt und drückt sie immer noch.

DAVID
Doch, das bist du! Wirklich. Danke. Danke für alles. Du warst die Einzige, die nie Sex von mir wollte.

Ingrid grinst, schiebt ihn energisch von sich und sieht jetzt, dass David Tränen in den Augen hat.

INGRID (liebevoll, besorgt)

Dir geht's nicht so, hm?

David wird verlegen. Er reißt Ingrid wieder an sich und umarmt sie lange. Endlich macht Ingrid sich los und gibt ihm einen liebevollen Klaps auf den Jeans-Hintern.

INGRID
Nun mach schon, dass du weg kommst.

David greift, ohne es zu bemerken, die „falsche" schwarze Sporttasche und schleicht mit hängenden Schultern zur Tür. Ingrid sieht ihm besorgt hinterher.

INGRID
Du: um Acht bin ich hier fertig! Wenn dir die Decke auf den Kopf - Also: wenn du nicht weißt, wohin - Ruf an! Ich bin da!

David nickt und lächelt verzagt.

6.
INNEN – FAHRSTUHL/KRANKENHAUS - TAG

David und ein junger KOLLEGE, ebenfalls in Winterjacke, warten gemeinsam vor dem Fahrstuhl.
David sieht sehr verzagt aus. Der Kollege gähnt leidenschaftlich, guckt dann auf seine Armbanduhr und stöhnt.

KOLLEGE
Na toll: und um drei kommen schon Annas Eltern!

Die Fahrstuhltür öffnet sich. Drinnen stehen die beiden jungen Krankenschwestern aus der Pädiatrie-Station, jetzt in Mänteln. Eine von ihnen zeigt der anderen gerade sexy "Weihnachts-Unterwäsche", rot mit weißem Pelz-Besatz. Die andere pfeift durch die Zähne.

KRANKENSCHWESTER
Wow. Und was trägt *er*? Kondome mit Zimtgeschmack?

David und sein Kollege drängen sich mit in den Fahrstuhl. Die beiden Krankenschwestern kichern. Der Kollege streift die beiden jungen Frauen, die jetzt unverhohlen David anhimmeln, mit Seitenblicken und schlägt David derb auf die Schulter.

KOLLEGE (gähnend)
Du Glücklicher: Kannst tun, was du willst: Party machen...Ausschlafen...!

David taumelt unter dem Schlag des Kollegen und nickt verzagt.

7.
INNEN – FRISEURSALON - TAG

VERA sitzt auf einem Stuhl am Fenster und betrachtet zufrieden ihre Frisur im Spiegel.
Vera ist Ende Zwanzig, sehr hübsch, aber eindeutig der schüchterne Typ Frau, der sich dessen gar nicht bewusst ist.
Ladenbesitzer MARIO nimmt ihr den Umhang ab und bürstet an ihr herum. Mario ist Ende Dreißig, gebräunt und ein maskuliner Typ.

Draußen klopft MONI, die Wirtin der Karaoke-Bar "Herzdrei" an die Fensterscheibe. Moni ist Mitte Vierzig, sehr sexy und trägt einen knallroten Mantel. Sie winkt Vera und zeigt mahnend auf ihre Armbanduhr.
Vera springt auf und zieht ihre Jacke an.
Mario fixiert Vera neugierig.

MARIO
Du strahlst ja so -

VERA
Na ja: Lars kommt! Ich bin total aufgeregt.

Mario tauscht einen besorgten Blick mit seinem Lebensgefährten RICHARD, der am Nebenplatz eine KUNDIN frisiert. Richard ist um die Vierzig, sehr gepflegt, dezent feminin.

MARIO
Lars? Wow! Der trennt sich von seiner Frau? Echt?

Vera kramt in ihrer Brieftasche, sieht Marios besorgten Blick und verdreht die Augen.

VERA
Diesmal wirklich!

8.
INNEN – KAUFHAUS – TAG

Vera und Moni stehen im Kundengedränge vor einem Regal mit Weihnachtskugeln.

VERA
Für die ersten Wochen, da wohnt Lars erst mal bei mir. Und im Januar sucht er sich dann was Eigenes. Na ja: wir wollen es langsam angehen lassen.

Moni nickt, guckt aber sehr besorgt. Vera entdeckt jetzt blaue Kugeln im Regal.

VERA
He: Das wär's doch: Alles in Blau! Hach. Ich kann's selber kaum glauben: Mein erstes gemeinsames Weihnachten mit Lars.

Moni nickt und entfernt sich ein Stück von Vera, um in einem anderen Regal zu suchen.

Gleichzeitig drängt sich ein MANN IM WEIHNACHTS-MANN-KOSTÜM mit Geschenke-Sack durchs Gewühl zu Vera durch und nimmt jetzt Monis vorigen Platz neben Vera ein. Da der „Weihnachtsmann" ebenso knallrot gekleidet ist, wie Moni, merkt Vera, die beim Reden den Blick nicht von den Christbaumkugeln lässt, von all dem nichts - und spricht unverdrossen weiter.

VERA
Du, das wird himmlisch. Zuerst koch ich uns was Schönes.

Vera sucht weiter nach Kugeln und knufft den Weihnachtsmann nebenbei mit dem Ellenbogen in die Seite.

VERA (kichert)
Und danach?? Sex! Was sonst.

Der Weihnachtsmann nickt dazu.

VERA
Dann packen wir die Geschenke aus.
Und dann? Wieder Sex. Im Bett, unterm Weihnachtsbaum und -

Der Weihnachtsmann nickt wieder glücklich. Vera merkt noch immer nicht, wer neben ihr steht. Jetzt drängt sich

Moni wieder zu Vera durch, schiebt den Weihnachtsmann energisch zur Seite, packt Vera am Arm und zieht sie mit sich.

MONI
Jetzt mach endlich! Nimm die Blauen.

Vera lässt sich mitziehen. Der Weihnachtsmann folgt ihnen, verliert sie aber im Gedränge.

9.
INNEN – HH/HAUPTBAHNHOF – TAG

Vera und Moni, mit Einkaufstüten beladen, im Strom der Passanten. Vera und Moni umarmen sich. Moni verschwindet Richtung Bahnsteig. Vera geht jetzt allein weiter, mit lächelndem Gesicht und beschwingtem Schritt, wie von dem Menschenstrom um sie herum getragen.

Einige Schritte hinter Vera kämpft sich jetzt auch David durchs Gewühl, im Gegensatz zu Vera aber wie *gegen* den Menschenstrom schwimmend: ständig muss er jemandem ausweichen oder wird angerempelt.
Er hat die Schultern frierend hochgezogen und macht ein finsteres Gesicht.

Vera kommt an einem HEILSARMEE-GRÜPPCHEN in blauen Uniformen vorbei. Eine ÄLTERE FRAU reicht ihr eine Broschüre. Vera nimmt sie lächelnd entgegen und geht weiter.

HEILSARMEE-FRAU(ruft ihr nach)
Jesus liebt dich...

VERA
Ich weiß...

Jetzt kommt auch David an der Heilsarmee-Gruppe vorbei. Die ältere Frau hält ihm ebenfalls eine Broschüre hin. David wehrt unwirsch ab und drängt sich weiter.

HEILSARMEE-FRAU
Jesus liebt dich...

DAVID
...zu spät!

David drängt sich jetzt an Vera vorbei und wird im gleichen Moment von einem entgegenkommenden PASSANTEN so unsanft angerempelt, dass er im Gedränge mit Vera zusammenstößt. Veras Einkaufstasche platzt und lauter blaue Christbaumkugeln rollen über den Boden. David bückt sich schuldbewusst und hilft ihr, die Kugeln wieder einzusammeln.
David und Vera, beide in der Hocke, beim Kugeln Aufheben und in die Tüte stecken, schauen einander jetzt erst richtig an. Auf der Stelle verklären sich ihre Blicke. Beide erstarren in der Bewegung und lassen die Kugeln sein.

DAVID
Deine Mütze, kannst du die mal abnehmen?

Vera nimmt wie in Trance ihre Mütze ab und schüttelt ihre Locken.

David betrachtet sie versonnen.

VERA
Jetzt du!

David, ebenfalls wie in Trance, nimmt seine Mütze ab. Vera betrachtet sein schönes, volles, halblanges Haar. Vera und David hocken mitten im Strom der Passanten, ohne sich davon stören zu lassen. Sie betrachten einander lange, verzückt und nachdenklich zugleich.

DAVID
Und wie klar und blau deine Augen sind...

VERA
Und wie tief und schwarz sind deine...

Vera erwacht plötzlich aus ihrer Trance, packt schnell die restlichen Kugeln in die Tüte zurück und wendet sich zum Gehen.

DAVID
Warte doch -

Vera winkt ab.

VERA
Frohe Weihnachten. Ich muss weiter-

Vera, die Einkaufstasche jetzt fest im Arm, verschwindet eilig im Menschenstrom. Hinter ihr David, der ihr traurig hinterher sieht, jetzt wieder mit eingefallenem Gesicht und hängenden Schultern. David findet am Boden eine von Vera vergessene blaue Kugel. Er zögert und steckt sie schließlich in seine Jackentasche.

10.
AUSSEN - HH/MÖNCKEBERGSTRASSE- NACHT

Vor allen großen Kaufhäusern und Einkaufszentren werden jetzt jeweils von kräftigen WACHMÄNNERN die schweren Glastüren zusammengeschoben und abgeschlossen.Im Inneren der Läden jetzt die schwächere Nachtbeleuchtung. Einige wenige PASSANTEN mit Einkaufstüten eilen noch die Straße entlang.

11.
AUSSEN – HH/MÖNKEBERGSTRASSE - NACHT

Die weihnachtlich beleuchtete, aber von Menschen verlassene Mönckebergstraße in absoluter Stille. Kein Auto, kein einziger Passant mehr. Jetzt das Schlittergeräusch eines leeren Pappbechers, den der Wind durch die menschenleere Straße treibt. Danach wieder völlige Stille.

12.
AUSSEN - VOR MICHAELISKIRCHE - NACHT

Der ohrenbetäubende, alles erfüllende Lärm der monumentalen „Michel"-Kirchenglocken, die den Heiligabend einläuten.
Ein Strom von Menschen drängt in der Dunkelheit auf den Kircheneingang zu, darunter viele FAMILIEN mit KLEINEN KINDERN.

13.
INNEN – WOHNZIMMER/DAVID – NACHT

David schleudert achtlos die schwarze Sporttasche in die Ecke.
Er holt die Tablettenschachteln aus den Jackentaschen und wirft sie allesamt auf die ausgeklappte Schlafcouch. David findet in seiner Jackentasche jetzt auch die blaue Weihnachtskugel, dreht sie unschlüssig in der Hand.
Das Zimmer ist kaum möbliert, die Bücherregale sind leer, es gibt keine Bilder an den Wänden und überall stehen Umzugskisten herum. Eine davon dient David als Nachttisch. Auf dem Nachttisch steht eine Schneekugel-Spieluhr als einziger Schmuck. David legt die blaue Kugel jetzt neben die Spieluhr.

David geht zum Fenster und schaut hinaus in die Dunkelheit.
In den hell erleuchteten Fenstern des gegenüber liegenden Nachbarhauses überall außen Lichterketten und innen Weihnachtsbäume, an denen Kerzen brennen.
Von überall her läuten Kirchenglocken.
David lässt mit einem Ratsch die Jalousie herunter.

14.
AUSSEN - STRASSE WOHNHAUS/VERA – NACHT

Die abendliche Straße vor Veras Wohnhaus. In allen Fenstern blinkende Lichter von Weihnachtsbäumen und Lichterketten.
Auch Veras Wohnung ist hell erleuchtet. Durchs Fenster sieht man sie die Kerzen am Weihnachtsbaum anzünden.

In der Wohnung über Vera hebt gerade Richard sein kleines Kind hoch, damit es den Baum berühren kann, während Mario die Kerzen anzündet.
In der Wohnung darüber die alte HAUSMEISTERIN, um die Siebzig, rundlich, altmodische Dauerwelle, mit ihrem EHEMANN beim Essen.

Veras verheirateter Liebhaber LARS, Ende Dreißig, winterlich in Schal und Mütze, mit Geschenk unterm Arm, kommt jetzt eilig die Straße entlang und klingelt unten an der Tür.
Vera läuft raus.
Durchs Fenster sieht man sie mit Lars zurück ins Wohnzimmer kommen. Vera deutet strahlend auf den Baum.
Lars, im Mantel, steht verlegen da und legt das Geschenk zögernd auf den Tisch.

Vera umarmt ihn. Lars legt die Hände auf ihre Schultern und schiebt sie von sich. Er redet auf Vera ein, mit schuldbewusstem Blick.
Lars sieht sich verlegen im Zimmer um. Guckt auf seine Uhr. Vera stürzt sich auf ihn, schubst ihn an den Schultern durchs Zimmer. Er macht beschwichtigende Gesten, will sie umarmen. Vera schluchzt und stößt ihn von sich.
Sie streiten.
Lars will gehen. Vera klammert sich an ihm fest und schluchzt in seinen Mantel. Lars macht sich mühsam los und geht.
Lars kommt aus der Haustür.
Oben hat Vera die Balkontür geöffnet und wuchtet den geschmückten Weihnachtsbaum über die Brüstung. Er kracht knapp hinter ihm auf die Straße.

VERA(schluchzend)
Dann hau doch ab! Hau doch ab!

Lars guckt schuldbewusst nach oben und verschwindet dann in der Dunkelheit.
Im Hofeingang gegenüber stehen ein paar junge PUNKS mit Bierdosen um einen Holzkohlegrill herum. Sie sehen den Baum nach unten krachen, schauen hoch zu Vera, lachen und grölen alle durcheinander.

PUNKS
He Süße: komm doch runter.
Weihnachten schon vorbei…!?
Ging ja fix...

Die Punks schnappen sich den Baum und lehnen ihn an die Wand neben den Holzkohlegrill.
Unter Veras Balkon glitzert der Gehweg nur so vor zerborstenen blauen Glaskugeln.

15.
INNEN - WOHNUNG DAVID/BAD – NACHT

David steht vor dem Waschbecken. Er füllt ein Glas mit Wasser, drückt ein paar Tabletten aus der Folie in die hohle Hand und starrt auf die Tabletten. Er hält inne, sieht im Spiegel sein bleiches, deprimiertes Gesicht und schnauft verächtlich.

DAVID
Weichei! Jetzt mach endlich!

David schluckt die Tabletten, schluckt Wasser nach und wirft den Kopf zurück. Er kriegt die Tabletten in die falsche Kehle, hustet immer stärker, röchelt, krümmt sich und schlägt sich selber panisch mit den Fäusten auf den Brustkorb.
Endlich kann er die Tabletten ins Waschbecken spucken.

David hält sich stöhnend und schwer atmend am Waschbeckenrand fest.
Er richtet sich auf und knallt dabei mit dem Kopf an die offene Spiegelschranktür.

David reibt sich den Kopf und betrachtet verächtlich sein Gesicht im Spiegel. Dann schlägt er sich selber ins Gesicht.

DAVID
Idiot!!! Jetzt reiß dich mal zusammen!

David drückt die restlichen Tabletten hektisch aus der Verpackung direkt ins Wasserglas und rührt mit dem Finger drin herum. Die Tabletten lösen sich nur schwer auf.
David greift einen Rasierpinsel aus dem Schränkchen und stampft hektisch mit dem Rasierpinsel-Griff auf den Tabletten herum.
Endlich trinkt er das Glas mit den halb aufgelösten Tabletten in einem Zug aus.

16.
AUSSEN - KARAOKE-BAR HERZDREI – NACHT

Vera läuft, die Schultern frierend hochgezogen, an der Karaoke-Bar "Herzdrei" vorbei. Sie bleibt stehen und sieht durchs Fenster: Im Inneren der brechend vollen Bar tanzt Stammgast CLAUDIA in einem sexy Weihnachtsfrau-Kostüm auf dem Tisch.
Claudia ist Ende Zwanzig, stark geschminkt und frisiert im Stil von Amy Winehouse.
Claudia wird beim Tanzen umringt von laut mitsingenden und klatschenden GÄSTEN.
Die Wirtin Moni, hinterm Tresen, schaut amüsiert zu.

Ebenfalls am Tresen vor seinem Drink sitzt Stammgast ALEX, ein cooler Szene-Typ um die Dreißig, attraktiv, aber ziemlich klein. Er trägt eine affige Sonnenbrille, einen lässig zurückgeschobenen Hut und ein selbstgefälliges Lächeln.

Die Tür geht auf: Einige betrunkene MÄNNER verlassen die Bar. Mit ihnen dringt ein Schwall von lauter Musik und Lachen auf die Straße. Die Männer torkeln auf Vera zu.

Vera wechselt schnell die Straßenseite.

17.
INNEN - KRANKENHAUS/FLUR - NACHT

Stationsbüro, Glaskasten. Die Uhr an der Wand zeigt 21.00 Uhr. Eine ältere NACHTSCHWESTER kommt ins Stationsbüro. Schwester Ingrid, jetzt im Wintermantel, räumt ihren Platz für sie.
Die Nachtschwester setzt sich auf Ingrids Platz. Ingrid nimmt einen Notizblock und den Plastik-Weihnachtsmann, stopft ihn in die schwarze Sporttasche, stutzt und wühlt immer hektischer darin herum.

INGRID
Oh, nee. Mist: Das ist Davids Tasche -
Dann hat David *meine* Tasche.
Mit allem drum und dran: Geld, Hausschlüssel...

Ingrid greift zum Telefon, wählt.

18.
INNEN – WOHNZIMMER/DAVID - NACHT

David liegt halb bewusstlos auf dem Bett. Er robbt langsam zum Handy, tastet danach und fällt mitsamt Handy vom Bett. Er drückt eine Taste und lallt ins Handy.
David lässt das Handy fallen und übergibt sich.

19.
INNEN - STATIONSBÜRO - NACHT

Ingrid horcht ratlos ins Handy, hält das Handy der Nachtschwester hin, die jetzt ebenfalls Davids Lallen und Würgegeräusche hören kann.
Die Nachtschwester guckt kopfschüttelnd auf die Uhr.

NACHTSCHWESTER
Total blau! Jetzt schon!!!

Ingrid schlägt sich an die Stirn, springt auf und kramt hektisch ihre Sachen zusammen.

INGRID
Oh Gott...und ich blöde Kuh: lass ihn gehen!
Depressiv, wie er ist!

NACHTSCHWESTER
Depressiv? Der doch nicht.

20.
INNEN - HAUSFLUR/WOHNHAUS DAVID - NACHT

Schwester Ingrid klingelt Sturm und trommelt mit den Fäusten gegen Davids Haustür. Nichts rührt sich.
Ingrid greift zum Handy und wählt.

21.
INNEN – KRANKENWAGEN – NACHT

Der Krankenwagen saust mit Blaulicht durch die Dunkelheit. David liegt bewusstlos auf der Liege. Ein ÄLTERER SANITÄTER nimmt ihm die Sauerstoffmaske ab und beobachtet den Monitor.
Eine sehr junge AUSZUBILDENDE sitzt ebenfalls neben Davids Liege und betrachtet sein bleiches Gesicht voller Mitgefühl.
Schwester Ingrid und der ältere Sanitäter sehen das betroffene Gesicht der Auszubildenden und tauschen einen kurzen Blick.

SANITÄTER (zur Auszubildenden)
Dein erstes Weihnachten bei uns...?

Sie nickt verzagt. Der Sanitäter guckt wieder zum Monitor.
Die junge Auszubildende betrachtet David versonnen.

AUSZUBILDENDE
Ich sehe den an und denke: wie kann einer,

der *so* schön ist, überhaupt einsam sein –

Schwester Ingrid guckt hoch, sieht die Auszubildende jetzt erst richtig an.

INGRID
Ach Gott: du bist ja wirklich noch ein Kind!

22.
INNEN – WOHNZIMMER/VERA – NACHT

Vera liegt auf dem Sofa und starrt auf den leeren Platz, an dem vorher der Weihnachtsbaum stand. Auf dem Tisch liegen noch die eingepackten Geschenke für Lars.
Durch die offene Küchentür sieht man den immer noch festlich gedeckten Tisch. Vera greift zum Telefon und wählt.

23.
INNEN - HAUS/WOHNZIMMER MIA - NACHT

MIA greift zum Handy. Sie ist Anfang dreißig, ungeschminkt, trägt Jeans und Schlabber-Pulli.
Aus dem Handy dringt jetzt Veras herzzerreißendes, lautes Schluchzen.
Mias EHEMANN, neben ihr auf dem Sofa, kann Veras Schluchzen ebenfalls hören. Er zieht die Augenbrauen hoch.

Mia stakst mit dem Handy in der Hand durch ein Chaos aus zerknülltem Geschenkpapier und Kinderspielzeug am Boden. Sie schiebt ihre lautstark um ein Spielzeug streitenden kleinen TÖCHTER beiseite, steigt über einen kläffenden Hund und geht mit dem Handy Richtung Tür.

MIA
Mensch Veralein! Du Arme!
So ein Arsch!
Nein!!!
Ich *sag* ja nicht: Ich hab's gewusst!

Mia nickt mehrmals am Handy, tauscht nebenbei besorgte Blicke mit ihrem Ehemann und geht raus in den Flur.

MIA
Komm doch her!
(erleichtert)
Na gut. Ich ruf dich morgen an.

Mia legt auf, seufzt, strafft sich und geht ins Wohnzimmer zurück.

MIA (zu sich, leise)
Nee...dann doch lieber Familie...!

24.
INNEN - BAR HERZDREI – NACHT

Die Bar ist jetzt fast leer, nur noch der Tresen beleuchtet.
Dort sitzen drei einsame MÄNNER um die Fünfzig melancholisch vor ihren Drinks.
Moni sitzt auf dem Tresen, hat den Karaoke-Monitor angeschaltet und singt für die drei Männer mit sehr professioneller Stimme: "Have yourself a merry little Christmas".

25.
INNEN – KRANKENHAUS/ZIMMER - TAG

David, ein Bild des Jammers, liegt mit kreidebleichen Gesicht im Krankenbett und dämmert vor sich hin.
Jetzt wird geräuschvoll die Tür aufgerissen: Der CHEFARZT segelt mit flatterndem weißen Kittel durch den Raum und reißt mit einem Ratsch die Gardine auf, so dass Tageslicht ins Zimmer flutet.
Der Chefarzt ist Anfang Sechzig, stattlich, majestätisch und hat Schmisse im Gesicht.
Er stürmt jetzt auf Davids Bett zu. David schnellt hoch, verwirrt, erschreckt.

CHEFARZT (jovial, mit dröhnendem Bariton)
Kollege, Kollege! Was machen Sie denn für halbe Sachen!

Der Chefarzt macht sich rücksichtslos auf Davids Bettkante breit und boxt ihn in die Seite.

CHEFARZT

Haltung, Mensch! Haben wohl vergessen, dass Sie Arzt sind! Jetzt reißen Sie sich mal zusammen. Sind doch ein strammer Kerl!
Mensch, wenn ich in Ihrem Alter wäre...

DAVID
Danke. Jetzt geht's mir schon viel besser.

CHEFARZT
Humor haben Sie auch. Na großartig.

Schwester Ingrid hat inzwischen mit einem monströsen Blumenstrauß das Krankenzimmer betreten. Sie stellt die Blumen auf den Tisch, wirft dem Chefarzt strafende Blicke zu und schiebt ihn sanft-energisch zur Tür.

INGRID (tröstend zu David)
Ja, ja...er geht ja schon, der böse Mann.

Der Chefarzt lässt sich widerstrebend von Ingrid aus dem Zimmer dirigieren.
Ingrid zieht einen Stuhl ans Bett, streichelt mitfühlend seine Hand.
David sieht jetzt erst den gigantischen Blumenstrauß und lächelt matt.

INGRID
Von den Damen im Haus. Jede, die du mal beglückt hast, hat einfach *eine* Blume dazugetan. Nicht übel, was?

26.
AUSSEN - STRASSE VOR VERAS LADEN – TAG

Moni geht an Veras Spielzeugladen vorbei. Vera hockt mit finsterem Gesicht im Schaufenster und baut die weihnachtliche Dekoration ab.
Moni klopft gegen die Scheibe. Vera geht zur Tür und schließt auf.

27.
INNEN – SPIELZEUGLADEN/VERA – TAG

Moni betritt den Laden und sieht sich überrascht um.

MONI
Nanu? Du takelst schon ab?

Vera nickt und stopft grimmig die Weihnachtssachen in eine von vielen am Boden herumstehenden Kisten.

28.
INNEN - LAGERRAUM/LADEN/VERA -TAG

Vera zerrt Kartons aus den überquellenden Regalen.

VERA
Und hier wird auch entrümpelt. So sind die Feiertage wenigstens zu etwas gut!

29.
AUSSEN - HINTERHOF/LADEN VERA - NACHT

Vera und Moni werfen prall gefüllte Müllsäcke in den riesigen Müll-Container.
Vera trägt unterm Arm einen riesigen, zotteligen Plüsch-Affen in Menschengröße, dessen Arm halb abgerissen an ihm herunterhängt. Der Affe lächelt sie schielend und treuherzig an.

MONI
Mensch, Veralein: Wärst du doch in die Bar gekommen. Waren süße Jungs dabei.
Vera stopft den Affen in den Müll-Container. Der Container quillt über, so dass der Deckel sich nicht mehr schließen lässt, und der Affe Vera aus dem Container heraus noch immer treuherzig anguckt.

VERA
Phh. Mit den Männern bin ich fertig.

Moni zuckt die Achseln, küsst Vera auf beide Wangen und wendet sich zum Gehen.

MONI
Was glaubst du, wie oft ich *den* Satz schon gehört hab...

VERA
Aber ich *sag* ihn zum ersten Mal!

30.
INNEN - WOHNUNG VERA/KÜCHE – NACHT

Der lädierte Affe sitzt jetzt an Veras Küchentisch. Vera hantiert am Herd und guckt ab und zu sinnend zu ihm herüber.
Sie läuft raus und kommt mit einer Kiste zurück in die Küche.
Vera wühlt in der Kiste herum und murmelt dabei vor sich hin.
Sie hält ein Herren-T-Shirt hoch.

VERA
Das war der...Achim!

Vera zieht dem Affen das T-Shirt über und betrachtet ihn zufrieden.

VERA
Der wollte keine Kinder.
Jedenfalls nicht mit mir. Jetzt hat er zwei.
Oder drei? Und 'n Reihenhaus in Pinneberg.

Vera wühlt weiter in der Kiste und holt ein Jacket heraus.
Sie zieht es dem Affen an.

VERA
Und das war... Paul:
Notorischer Fremdgänger!

Vera betrachtet den Affen zufrieden, wühlt wieder in der Kiste und setzt dem Affen eine Baseball-Mütze auf.

VERA
Nicht zu vergessen: Lars, natürlich!
Verheiratet, der Mistkerl!

2. AFFENLIEBE

31.
INNEN – SCHOKOLADENFABRIK - TAG

Legionen von "nackten", braunen Schokoladen-Osterhasen ruckeln über ein Fließband, werden binnen Sekunden in buntes Glanzpapier gehüllt, weitergeschoben und in Paletten gesammelt.

32.
INNEN – KRANKENHAUS/STATIONSFLUR - TAG

Schwester Ingrid sitzt am Schreibtisch im Stationsbüro und beißt einem ebensolchen Osterhasen den Kopf ab.
David und der Chefarzt kommen den Gang entlang.
Der Chefarzt klopft David im Gehen derb auf die Schulter.

CHEFARZT
Wurde aber auch Zeit, dass Sie wieder mit anpacken!
Ein Klima war das hier ohne Sie!

Ingrid und David tauschen Blicke und zwinkern sich zu.

Jetzt kommt Davids Kollegin Marie aus einem der Krankenzimmer.
Sie sieht den Chefarzt den Flur entlang gehen und David allein im Ärztezimmer verschwinden.
Sie folgt David mit schnellem Schritt ins Ärztezimmer.

33.
INNEN – KRANKENHAUS/ÄRZTEZIMMER – TAG

David steht an der Kaffeemaschine und füllt zwei Kaffeebecher. Auf dem Sofa sitzt seine Kollegin Marie.
David dreht ihr beim Kaffee-Einschenken den Rücken zu.
Marie zieht blitzschnell ihren Slip unter dem Rock und Kittel aus.
David setzt sich mit den Bechern zu ihr. Marie macht sich sofort an seinem Kittelknopf zu schaffen. David schiebt sanft ihre Hand weg.

DAVID
Du: ich wollte wirklich bloß Kaffeepause machen.
Mit dir. Bisschen reden, dachte ich -

Marie starrt ratlos auf den Slip in ihrer Hand und lässt ihn rasch in die Kitteltasche gleiten. Beide schlürfen verlegen ihren Kaffee.

MARIE
Bisschen reden...! Gut also - Und was jetzt *genau?*
Das kommt so *plötzlich* -

DAVID
Na ja. Weiß nicht. Einfach reden eben.

Quälendes Schweigen. Beide rühren verlegen in ihren Kaffeebechern und starren zu Boden. David holt Luft.

DAVID
Mir geht's schon viel besser, übrigens. Ich mach jetzt 'ne Therapie.

Marie nickt beflissen und mustert ihn ratlos.

MARIE
Toll. Dann - dann muss du jetzt also gar nicht mehr weinen? Danach...?

David guckt verwirrt. Marie knufft ihn und lacht verlegen.

MARIE
Du weißt schon: Nach dem Sex!?

DAVID
Ach so. Ja. Nein. Keine Ahnung.
(seufzt)
Ich hab ja keinen Sex mehr.

34.
INNEN - TECHNIK-KAUFHAUS - TAG

Menschengewirr, grelles Neonlicht und sich ins Unendliche erstreckende Gänge mit elektronischen Geräten.
Ein MANN im OSTERHASENKOSTÜM verteilt Ostereier an die KUNDEN.
Jetzt entdeckt er Vera auf der Rolltreppe und watschelt ihr sofort hinterher.
Auf der schmalen Rolltreppe drängt er sich mit seinem monströsen Hasenhintern rücksichtslos an KUNDEN vorbei, um Vera einzuholen.
Vera merkt von all dem nichts und verlässt die Rolltreppe.
Der Osterhasenmann sucht Vera zwischen den Gängen.
Ein ca. sechsjähriger JUNGE entdeckt jetzt den Osterhasen.
Der kleine Junge lässt sofort die Hand seiner MUTTER los und verfolgt den Osterhasen.
Der Junge holt den Osterhasen ein, strahlt ihn an und zeigt dabei seine Zahnlücken. Dann zeigt er fordernd auf den Sack mit den Ostereiern: Er will Schokolade.
Der Osterhasenmann schubst den Jungen unwirsch zur Seite und hoppelt weiter, direkt in die Arme eines SHOPLEITERS.
Der Shopleiter zieht streng die Augenbrauen hoch.
Der Osterhasenmann streichelt dem Jungen scheinheilig über den Kopf und hält ihm endlich doch den Sack mit Ostereiern hin. Umständlich sucht das Kind sich Eier aus, während der Osterhasenmann vergeblich nach Vera Ausschau hält.

35.
INNEN - TECHNIK-KAUFHAUS - TAG

Vera steht vor einem Regal mit esoterischen CDs und betrachtet skeptisch einige Titel: "Mit Meditation zum Glück", "Atme den Schmerz einfach weg!" und Ähnliches.

David kommt dazu und greift ebenfalls eine CD aus dem Regal.
Er sieht jetzt Vera und erstarrt augenblicklich in der Bewegung: ein Strahlen geht über sein Gesicht. Vera bemerkt ihn nicht und geht weiter.

36.
INNEN – TECHNIK-KAUFHAUS – TAG

David und Vera jetzt vor einem Regal mit Espresso-Maschinen. David verschlingt Vera wieder mit Blicken.
Vera spürt jetzt seine Blicke und dreht sich um.
David lächelt sie an. Vera lächelt verlegen und geht schnell weiter.

37.
INNEN – TECHNIK-KAUFHAUS - TAG

David und Vera jetzt vor einem Regal mit Computer-Spielen. Beide schauen einander immer wieder an, drehen dann schnell die Köpfe wieder weg und greifen wahllos irgendwelche Spiele aus dem Regal. David überwindet sich und tippt ihr auf die Schulter.

DAVID
Wow. Dass ich dich jemals wiedersehen würde...

VERA
Hm???

DAVID
Na: letztes Jahr. Weihnachten. Hauptbahnhof. Du mit den blauen Kugeln.

David zieht sich jetzt langsam die Mütze vom Kopf.
Vera erkennt ihn jetzt, lächelt und zieht auch ihre Mütze vom Kopf. Beide schauen einander an und schweigen verlegen.

Jetzt kommt der kleine Junge mit den Ostereiern laut weinend durch den Gang gerannt.

JUNGE
Mamaaa! Ich bin hihiiieer!
Mammaaa, wo bist du denn?

David und Vera tauschen einen kurzen Blick und gehen beide auf das Kind zu. David ist zuerst bei dem Kind, geht vor ihm in die Hocke und streichelt ihm über die Wange.

DAVID
Na, die finden wir schon, deine Mama.

Vera hockt sich dazu und streichelt dem Kind übers Haar und sieht sich dann suchend um.

VERA
Wie sieht sie denn aus, deine Mama?

JUNGE
Wie Mama. Nur ohne mich.

Vera und David nicken und lächeln.

38.
INNEN – TECHNIK-KAUFHAUS/INFO-STAND - TAG

Vera und David stehen mit dem Kind in ihrer Mitte am Infostand. David lässt Vera nicht aus den Augen.
Vera spürt es und lächelt für sich. Eine MITARBEITERIN spricht ins Mikro.

MITARBEITERIN
Der kleine Ben sucht seine Mutter. Bitte kommen Sie zur Information im zweiten Stock.

David deutet auf einen großen Spiegel an der Wand, in dem Vera und er mit dem Kind in ihrer Mitte zu sehen sind.

DAVID
Guck mal: Steht uns doch gut, der Kleine! Wie 'ne richtige Familie!

Vera schaut verlegen auf das Kind herunter und streichelt ihm übers Haar.

VERA
Mhm. Süß! So einen möcht' ich auch mal haben!

DAVID
Heirate mich. Und ich mach dir ganz viele davon.

David strahlt sie an. Vera lacht.

DAVID
Im Ernst. Heirate mich.

Jetzt kommt die Mutter des Kindes zum Info-Stand und nimmt ihr Kind tröstend in den Arm. Vera lächelt David noch mal zu und geht weiter. David läuft ihr hinterher.

DAVID
Halt. Wo willst du denn hin?

Vera dreht sich erstaunt um.

DAVID
Du kannst mich doch jetzt nicht einfach stehen lassen! Ich meine es ernst: heirate mich!

Vera lächelt und geht langsam weiter, sucht in den Regalen herum. David folgt ihr und verschlingt sie wieder mit Blicken.

DAVID
Jetzt warte doch mal, warte -

VERA
Du spinnst doch. Total. Bleib mal aufm Teppich.

DAVID
Was soll ich denn auf dem Teppich?

Vera geht weiter. David folgt ihr und baut sich vor ihr auf. Vera lächelt, seufzt.

VERA
Hallooohh? Geht's noch?

Du kannst doch nicht einfach durch die Gegend laufen und - und irgendwelchen wildfremden Frauen Heiratsanträge machen.

DAVID (ehrlich empört)
Nicht irgendwelchen! *Dir!*

Vera tippt sich an die Stirn und geht weiter.

DAVID
Du bist mir nicht fremd. Kein bisschen. Letztes Jahr schon. Auf dem Bahnhof. Da hab ich gewusst: du bist die Eine! Die ich gesucht hab...! Und genauso hast *du mich* angesehen!

Vera schüttelt den Kopf, lächelt aber im Weitergehen.

39.
INNEN – TECHNIK-KAUFHAUS/FAHRSTUHL – TAG

Vera und David stehen jetzt dicht nebeneinander hinten an der Fahrstuhlwand. David strahlt Vera unentwegt an.
Vera knufft ihn "strafend", lächelt aber dabei.
Vor ihnen an der Fahrstuhltür steht ein ELTERNPAAR mit kleinen KINDERN.
David kramt seine Krankenhaus-Visitenkarte aus der Jacke und gibt sie Vera. Vera betrachtet sie und steckt sie zögernd ein.

Jetzt öffnet sich die Fahrstuhltür wieder und der Osterhasenmann drängt sich mit in den Fahrstuhl.
Die kleinen Kinder starren ihn ehrfürchtig und neugierig an. Die Eltern lächeln erfreut.

MUTTER
Ja...wer kommt denn da...?!

Die Kinder greifen, stumm vor Glück, in den Leinensack, den der Osterhasenmann ihnen hinhält.
David hält Vera jetzt ein Stück Papier und einen Stift hin.

DAVID
Jetzt du: gib mir deine Nummer.

Vera zögert noch, nimmt schließlich Papier und Stift und setzt zum Schreiben an.
Jetzt entdeckt der Osterhasenmann David und Vera hinter dem Ehepaar mit den Kindern. Er drängt sich mit seinem monströsen Osterhasenkostüm rücksichtslos zu David und Vera durch und knufft David kumpelhaft in die Seite.

OSTERHASENMANN
David. Alter!   - He: Ich bin's !
Wie geht's denn -
Hab dich ja seit Jahren nicht -

David lächelt verwirrt.

DAVID
Christian....?

Der Osterhase reißt jetzt seine gesamte Kopf-Verkleidung mitsamt Schlappohren herunter.

OSTERHASENMANN
Alter: ich bin's!

DAVID
Max! He. Mensch – du?

David und der Osterhasenmann umarmen sich.
Die Kinder starren den demaskierten „Osterhasen" mit offenen Mündern, entgeistert, enttäuscht und fasziniert zugleich an: Dem jungen Mann kleben die völlig verschwitzten Haare um die Stirn.
Der Osterhasenmann grinst und knufft David wieder mit Blick auf Vera.

OSTERHASENMANN
Haha: immer noch ganz der Alte, wie? Immer am Baggern! Und ich komm zu spät -

Veras Lächeln erstirbt. Sie fixiert David und den Osterhasenmann kritisch. David packt ihn schnell am Arm.

DAVID
Du, äh, wie geht's denn, was machst du, wir haben uns ja lange nicht - Ich bin jetzt übrigens Kinderarzt -

OSTERHASENMANN (unbeirrt)
Alter Schwede: Immer noch sex, drugs and rockn -

David verdreht die Augen und knufft den Osterhasenmann.

DAVID
Quatsch -
(zu Vera)
Hör gar nicht auf ihn, der spinnt -

OSTERHASENMANN (lacht, unbeirrt)
Vögelst immer noch alles, was nicht bei Drei auf'm Baum ist!?

Der Osterhasenmann knufft David wieder kumpelhaft.
Die Eltern mustern David jetzt missbilligend, starren den Osterhasenmann an und tauschen empörte Blicke.
Vera wirft David einen vernichtenden Blick zu, zerreißt den Zettel mit ihrer Telefonnummer vor seinen Augen und gibt ihm den Stift zurück.
Die Türen öffnen sich, Vera drängt sich schnell mit den anderen Passanten nach draußen.
David will Vera folgen, doch der Osterhasenmann heftet sich an seine Fersen und spricht auf ihn ein.

OSTERHASENMANN
David. Alter Schwede...
Du: Wir müssen mal einen trinken gehen...

David drängt sich durch und folgt Vera.

DAVID
Warte, jetzt bleibt doch mal stehen -

Vera dreht sich noch einmal kopfschüttelnd zu ihm um und verschwindet endgültig im Gewühl. David sieht ihr verzagt hinterher.

40.
INNEN - KARAOKE-BAR HERZDREI – TAG

Die Bar ist noch fast leer. Am Tresen sitzen nur Vera und Stammgast Alex. Alex singt mit affektierter Sprechstimme "I'm too sexy" von "Right said Fred" ins Mikro. Vera und Moni, hinterm Tresen, werfen sich genervte Blicke zu. Vera sitzt missmutig auf ihrem Hocker. Sie hält Davids Visitenkarte noch in der Hand und will sie gerade zerreißen. Moni greift schnell danach, liest und grinst.

MONI
Kinderarzt!? Wie süß...

Vera verdreht die Augen und reißt ihr die Visitenkarte wieder aus der Hand. Sie zerreißt die Visitenkarte und lässt die Schnipsel demonstrativ in den Aschenbecher rieseln.

Alex turnt jetzt mit dem Mikro in der Hand und aufreizenden Hüftschwüngen um Veras Barhocker herum. Vera zieht ihm bloß den Hut tiefer ins Gesicht, wendet sich ab und rührt wieder in ihrem Espresso.

ALEX(zu Moni, mit Blick auf Vera)
Sie steht auf mich. Sie weiß es bloß noch nicht -

Vera nickt ironisch. Moni seufzt mit Blick auf Alex und beugt sich wieder zu Vera herüber.

MONI (leise)
Nicht verzweifeln, Herzchen:
Es gibt auch *andere* Männer...!

VERA (verzweifelt)
Wo!!!???

41.
INNEN – ANALYTIKER-PRAXIS - TAG

Ein schlicht-geschmackvoll eingerichteter Therapie-Raum mit Kunstdrucken an den Wänden. Eine Gruppen-Therapie-Sitzung, ein Stuhlkreis: Sechs PATIENTINNEN, alle um die dreißig. Ein einziger *männlicher* Patient: JAKOB.

Jakob ist ebenfalls um die dreißig, eher unscheinbar und ziemlich nachlässig gekleidet.
Jakob hat die Arme vor der Brust verschränkt und schaut bockig aus dem Fenster, während die weiblichen Patientinnen allesamt unverhohlen David anhimmeln.
Die ca. fünfzigjährige, elegant gekleidete ANALYTIKERIN lässt kühl-professionelle Blicke durch die Runde kreisen.

DAVID (stöhnt)
Und ich weiß noch nicht mal ihren Namen!
Dabei denk ich an sie. Tag und Nacht.

Die Frauen nicken allesamt teilnehmend. Keine beachtet Jakob.

JAKOB (böse, murmelnd, zu sich)
Immer nur David!
David hier und David da.
David vorn und David hinten.

DAVID
Verdammt! Ich hab`s vermasselt. Mal wieder.
Warum? Warum rennen mir immer nur diese Kamikaze-Weiber nach? Die nur Sex wollen und dann pffft - Und wenn mir mal eine so richtig gefällt, dann -

ANALYTIKERIN (zu David)

Kann es sein, dass Sie die richtigen Frauen gar nicht kennenlernen *wollen*? Unbewusst? Kann es sein, dass Sie Angst vor der Liebe haben?

DAVID (äfft sie nach, gereizt)
Kann es sein, dass Sie sich die Sache zu einfach machen?

ANALYTIKERIN
Na ja: die Wahrheit ist manchmal ganz einfach.

JAKOB (böse, murmelnd)
Andere haben auch Probleme -

Die Patientinnen hängen allesamt an Davids Lippen und nicken zu allem, was er sagt. Jakob schaut bockig aus dem Fenster und wird von niemandem beachtet. David stöhnt wieder laut auf.

DAVID (böse, zur Analytikerin)
Der *Osterhase* war`s. Der Osterhase war schuld! Nicht ich!

Die Patientinnen lachen. Die Analytikerin verzieht keine Miene.

ANALYTIKERIN

Wie auch immer: Sie wollen uns ja wohl nicht im Ernst erzählen, dass sich noch nie eine Frau in Sie verliebt hätte!

David sackt wie ein Häuflein Elend in sich zusammen.

DAVID
Doch. Schon. Ja.
(wieder aufgebracht)
Aber das ging ja auch immer in die Hose.

ANALYTIKERIN
Warum???

DAVID (ungeduldig)
Na, wenn doch mal eine geblieben ist, dann hat die natürlich ganz schnell rausgekriegt, wie *langweilig* ich im Grunde bin und -

PATIENTINNEN (alle gleichzeitig, lieb, vehement)
Quatsch!!!
Du bist doch nicht langweilig!!!
Das denkt doch jeder von sich!!!

JAKOB (hoffnungsvoll)
Lasst ihn doch ausreden! Vielleicht ist er *wirklich* langweilig!

42.
INNEN – SCHOKOLADENFABRIK – TAG

Legionen von nackten, braunen Weihnachtsmännern ruckeln wieder über ein Fließband, werden blitzschnell in buntes Glanzpapier gehüllt und in Paletten zusammengeschoben.

43.
AUSSEN – HH/MÖNKEBERGSTRASSE – TAG

Vor den weihnachtlich geschmückten Kaufhäusern schieben uniformierte WACHMÄNNER die schweren Glastüren auf.
Ein Strom von winterlich eingemummelten KUNDEN drängt sich durch die Eingänge in die Geschäfte.

44.
INNEN - SPIELZEUGLADEN VERA -TAG

Der von Lärm und Stimmen erfüllte, weihnachtlich geschmückte Verkaufsraum ist brechend voll. Vera steht neben einer Leiter vor einem Regal, die Arme mit Kartons beladen und wird von ungeduldigen KUNDEN umzingelt. Eine junge KUNDIN baut sich ungeduldig vor Vera auf. Vera nickt ihr zu.

VERA
Moment noch -

Jetzt drängelt sich auch noch eine ÄLTERE KUNDIN aggressiv zu Vera durch.

ÄLTERE KUNDIN (gereizt)
Junge Frau, vielleicht bedienen Sie mich auch mal!

Vera, am Fuß der Leiter, mit Kartons beladen, die sie wieder einsortiert, dreht sich zu der älteren Kundin um und nickt. Ein gutaussehender JUNGER KUNDE weiter hinten im Verkaufsraum hält jetzt einen riesigen Holzkran hoch und winkt damit zu Vera herüber.

JUNGER KUNDE (laut, zu Vera)
Haben Sie den hier noch in Originalverpackung?

Vera dreht sich zu dem jungen Mann hinten im Laden um.

VERA (laut, zu dem jungen Kunden)
Sekunde: ich hol Ihnen gleich einen runter!

Der Verkaufsraum ist auf einmal totenstill. Sämtliche Kunden starren Vera an. Vera steigt die Leiter hoch, hält inne und schaut nach unten in die verblüfften Kundengesichter.

VERA
Ein Dings, äh, einen Kran, einen Bau, einen Baukran hol ich -

Vera, verwirrt und verlegen, ist ganz oben auf der Leiter angekommen. Sie zieht hektisch einen riesigen Karton heraus, gerät jetzt ins Straucheln, stürzt mitsamt der Leiter zu Boden und landet mitten zwischen Kunden und Kartons.

45.
INNEN – KRANKENHAUS/EINGANG - NACHT

Vera, jetzt mit einem Stretch-Verband ums Handgelenk, kommt aus der Ambulanz und durchquert die weihnachtlich geschmückte Halle mit dem Empfangstresen.
Jetzt sieht sie in einiger Entfernung David, in Jeans und Jacke, im Gespräch mit KOLLEGEN in Arztkitteln.
Vera geht zum Tresen und gibt dort ein Formular ab.
Die EMPFANGSSCHWESTER, Mitte Zwanzig, kaut Kaugummi, lauscht und nickt ins Handy. Ganz nebenbei nimmt sie Veras Formular an sich, ohne hoch zu sehen.

EMPFANGSSCHWESTER (empört, ins Handy)
Spinnst du? Ich ruf den doch nicht an! Doch nicht am *Samstag* Abend!

Vera druckst herum, guckt unauffällig zu David, der sie noch nicht entdeckt hat. Vera beugt sich über den Tresen.

VERA
Äh, eine Frage: Der junge Mann da hinten. Kennen Sie den? Also, ich meine: ist der wirklich *Arzt* hier?

Die Schwester guckt kurz vom Handy hoch, sieht zu David herüber und nickt.

EMPFANGSSCHWESTER
Sicher: Wieso nicht? Donjuanismus ist ja nicht ansteckend.

Vera bläst nachdenklich die Backen auf und wendet sich zum Gehen. Die Empfangsschwester telefoniert weiter.

EMPFANGSSCHWESTER
He, also echt: Samstag Abend geht *gar* nicht!
Da merkt er doch gleich, wie scharf ich auf ihn bin - nee, nee, du!

Vera geht zum Ausgang. Jetzt entdeckt David Vera. Er strahlt, lässt seine Kollegen stehen und sprintet ihr hinterher.

46.
AUSSEN – KRANKENHAUS-EINGANG – NACHT

Vera steht bereits an einem Taxi und öffnet die Tür.

DAVID
Warte! Warte doch, bitte! Ich hab dich gesucht!

Vera schüttelt bloß den Kopf, steigt schnell ein und schlägt die Tür zu. Das Taxi fährt los.

47.
INNEN - KRANKENHAUS/EMPFANG - NACHT

Die Empfangsschwester telefoniert noch immer.

EMPFANGSSCHWESTER
Ich ruf ihn Dienstag an...oder Mittwoch! Mhm. Mittwoch ist cooler.

David kommt an den Tresen gestürzt.

DAVID
Die junge Frau eben, wer war das?

Die Empfangsschwester guckt flüchtig zu David und zuckt die Achseln. David langt blitzschnell über den Tresen auf ihren Schreibtisch und schnappt sich Veras Formular.
David strahlt erleichtert: Jetzt hat er Veras Namen und Adresse.

48.
INNEN - WOHNUNG VERA/KÜCHE – TAG

Vera, winterlich angezogen und mit Reisetaschen bepackt, wirft einen letzten Blick auf den Affen am Küchentisch. Der mannsgroße Plüsch-Affe trägt nach wie vor Jacket und Baseball-Käppi. Sie seufzt, geht noch mal zu ihm und küsst ihn auf die Stirn.

VERA
Jetzt mach nicht so ein Gesicht! Sind ja nur zwei Tage...!

49.
INNEN - HAUSFLUR/WOHNHAUS VERA – TAG

Vera kommt mit ihren Reisetaschen aus der Haustür und sieht die offene Tür ihrer Nachbarwohnung, aus der zwei SANITÄTER gerade einen Zink-Sarg die Treppe heruntertragen.
Richard, Mario mit dem Kind auf dem Arm und die alte Hausmeisterin stehen mit betroffenen Gesichtern dabei.
Die Hausmeisterin drückt einen kleinen, winselnden Hund an sich.

HAUSMEISTERIN (zu Vera)
Arme Kreatur! Hat die ganze Nacht gewinselt. Da hab ich die Polizei gerufen. Schrecklich, nicht? War ja ganz allein, der alte Herr...

Vera nickt beklommen, streichelt dem Hund über den Kopf und läuft schnell die Treppen runter. Die Hausmeisterin beugt sich übers Geländer und ruft ihr hinterher.

HAUSMEISTERIN
Ach: und Frau, äh: denken Sie auch mal wieder an die Treppe?
Das kann ja auch Ihr *Freund* mal machen! Wenn *Sie* schon zu faul dazu sind. Der sitzt doch sowieso bloß den ganzen Tag in der Küche herum. Ist wohl arbeitslos?

50.
INNEN – ICE-GROSSRAUM - TAG

Vera schaut ernst aus dem Fenster. Der Zug saust durch winterlich fahles Licht, vorbei an kahlen Wäldern und Stoppelfeldern, aus denen Krähenschwärme aufsteigen.

51.
AUSSEN - STRASSE VOR WOHNHAUS VERA – TAG

David geht Veras Straße entlang, schaut in Plattenläden und Kneipen, beobachtet zufrieden das Multi-Kulti-Gewimmel und die jungen Leute auf der Straße.
Er steht jetzt vor Veras Haus. In den Fenstern von Veras Wohnung sind sämtliche Jalousien heruntergelassen. David sieht jetzt in Veras Nachbarwohnung im Fenster ein Makler-Schild: "*Wohnung zu vermieten*". David macht einen Luftsprung und greift zum Handy.

52.
AUSSEN - STRASSE VOR REIHENHAUS – TAG

Vera steigt aus einem Taxi. Mia stürzt zu ihr und umarmt sie. Mias kleine Töchter kommen angerannt und hopsen an Vera hoch.

53.
INNEN – HAUS MIA/ESSZIMMER – NACHT

Vera bastelt mit den Mädchen Weihnachtsschmuck. Die Jüngere hat gerade einen windschiefen Weihnachtsengel aus Glanzpapier gefertigt und schenkt ihn Vera. Vera strahlt und küsst sie.

54.
INNEN – HAUS MIA/GÄSTEZIMMER – NACHT

Vera schläft. Links und rechts von ihr liegen die kleinen Mädchen schlafend an ihre Seite geschmiegt.

55.
INNEN – HAUS MIA/KÜCHE – TAG

Mia schenkt sich und Vera Kaffeebecher voll. Vera nimmt eine Zigarette und hält Mia ihre Zigaretten-Schachtel hin.

Mia schüttelt den Kopf. Vera sieht sie fragend an. Mia strahlt.

MIA
Na ja: Ich bin wieder schwanger...!

56.
INNEN – FRISEURSALON/MARIO/RICHARD - TAG

Mario frisiert einen Kunden. Er sieht jetzt, wie David auf der anderen Straßenseite Kisten auslädt und zu Veras Haustür trägt. Er hält mit Schneiden inne, schaut David völlig verklärt zu.
Richard, der neben ihm auch einen Kunden frisiert, folgt Marios verzückten Blicken und sieht jetzt ebenfalls David beim Kistenschleppen.

RICHARD
Vergiss es. Der ist ne "Hete"!

MARIO
Niemals...!

57.
INNEN – SCHLAFZIMMER/DAVID – NACHT

David liegt auf seiner Schlafcouch und guckt sich in seinem neuen Zimmer um, in dem die Umzugskisten noch unausgepackt herumstehen. Jetzt hört er Geräusche aus dem Hausflur und springt auf.

58.
INNEN - HAUSFLUR/ VERA/DAVID – NACHT

David beobachtet durch seinen Spion, wie Vera ihre Reisetasche vor der Wohnungstür gegenüber abstellt und ihre Tür aufschließt.

59.
INNEN - WOHNUNG VERA/KÜCHE - NACHT

Vera sitzt mit dem als „Mann" gekleideten Plüsch-Affen am Abendbrottisch. Dort, wo der Affe sitzt, hat Vera ebenfalls ein Gedeck hingestellt.
Der von Mias Tochter gebastelte Engel steht mitten auf dem Tisch. Vera nimmt den Engel, dreht ihn versonnen in der Hand und stellt ihn wieder auf den Tisch.
Sie beißt von ihrer Scheibe Brot ab, knallt sie wütend auf den Teller zurück und schaut böse in das reglose Affengesicht.

VERA
Idiot! Was glotzt du so blöd?

Vera wirft dem Affen eine Apfelsine an den Kopf.

VERA
Ist doch wahr: Sie kriegt schon das dritte Kind. Und ich?

Vera bricht in lautes Schluchzen aus. Sie springt auf und schüttelt den Affen.

VERA
Immer die *Anderen*! Immer sind die *anderen* glücklich! Wann bin *ich* mal dran? Wann bin *ich* mal dran mit Glücklichsein?

3. HIMMEL

60.
INNEN - SCHLAFZIMMER/DAVID – NACHT

David liegt, in sein "Single-Kissen" gekuschelt, auf dem Bett und hat sich den am Kissen befestigten Stoffarm um die Taille gelegt. Jetzt dringt Veras Weinen leise durch die Wand zu ihm herüber. David richtet sich auf, wie elektrisiert, und presst sein Ohr an die Wand.

61.
INNEN – SCHLAFZIMMER/VERA – NACHT

Vera liegt im Bett und schluchzt laut. Es klingelt an ihrer Haustür. Sie schreckt hoch, guckt auf den Wecker: 00.35 Uhr.

62.
INNEN – HAUSFLUR/VERA/DAVID - NACHT

Vera guckt durch den Spion: David steht vor ihrer Tür und schiebt jetzt einen Zettel unter ihrer Wohnungstür durch.- Vera reißt ungläubig die Augen auf, schiebt blitzschnell

den Spion-Deckel wieder zu, öffnet ihn wieder und sieht David in der Nachbarwohnung verschwinden.
Sie lehnt sich im Dunkeln wie betäubt gegen die Flurwand. Sie nimmt den Zettel vom Boden auf und liest:

> *"Vera!*
> *Komm rüber.*
> *Ich bin auch allein. David."*

Vera starrt entgeistert auf den Zettel.

63.
INNEN – FLUR/VERA/HAUSFLUR - NACHT

Vera hat sich einen alten Bademantel übergeworfen und kritzelt mit strenger Miene und in aller Eile auf ein Stück Papier:

„Was soll das? Bist du so'n perverser Stalker, oder wie?"

Vera schleicht auf Zehenspitzen zur Wohnungstür und guckt durch den Spion: Alles ruhig und dunkel. Sie öffnet langsam und leise ihre Wohnungstür und tritt in den Hausflur.
Jetzt springt das Licht an und Schritte kommen von unten näher.
Vera erschrickt. Sie will rasch zu David rüber flitzen um den Zettel unter seiner Tür durchzuschieben.
Der Bademantel verheddert sich dabei in der Haustür. Vera reißt heftig daran und zieht dadurch mit einem Schwung ihre eigene Wohnungstür von außen zu.

Der Bademantel klemmt in ihrer Wohnungstür fest, so dass sie nicht von der Tür wegtreten kann. Vera reißt daran, mit zunehmender Panik. Sie rüttelt an ihrer verschlossenen Wohnungstür.
Die Schritte von unten kommen immer näher. Richard kommt die Treppen hoch.
Vera greift blitzschnell nach einer Zeitung, die in ihrem Zeitungsschlitz an der Seite der Tür steckt, blättert sie auf und hält sie sich vor die Nase.

RICHARD
Hallo, Chérie: Hast du kein Zuhause?!

VERA
Hi. Ich konnte nicht schlafen. Und - und - da hab ich mir rasch mal die Zeitung, da dachte ich – ich -

Richard mustert Vera, die unter ihrem alten Bademantel ein schlabberiges, verwaschenes, viel zu großes T-Shirt trägt und an den Füßen riesige, knallgelbe "Sponge-Bob"-Hausschuhe. Richard grinst und geht die Treppen hoch.
Vera hört Richards Wohnungstür zuschlagen, atmet tief durch, reißt wieder am Bademantel und presst sich gegen ihre Wohnungstür.
Vera bleibt nichts anderes übrig, als den in der Tür festgeklemmten Bademantel auszuziehen, um sich loszumachen. Das Licht geht aus. Vera flucht leise im Dunkeln.

64.
INNEN – HAUSFLUR/VERA/DAVID – NACHT

Vera, jetzt im Schlabber-Shirt, klingelt wieder und wieder an der Wohnungstür der alten Hausmeisterin. Niemand öffnet. Vera klopft gegen die Wohnungstür der Hausmeisterin.

VERA (laut flüsternd, flehend)
Hallohoo! Ich hab mich ausgesperrt. Ich brauch Ersatz-Schlüssel! Bitte!

65.
INNEN - WOHNUNG HAUSMEISTERIN – NACHT

Die alte Hausmeisterin ist vor dem laut laufenden Fernseher eingeschlafen und schnarcht mit offenem Mund.

66.
INNEN – HAUSFLUR/VERA/DAVID - NACHT

Vera steht jetzt wieder vor ihrer eigenen Wohnungstür, tritt frierend und unschlüssig von einem Bein aufs andere. Jetzt geht wieder das Licht an, wieder ertönen Schritte, diesmal von oben. Die Schritte kommen immer näher. Vera schleudert die geschmacklosen Puschen von sich. Sie steht jetzt barfuß im alten Schlabber-Shirt da, flitzt zu Davids Tür herüber und klingelt Sturm. David öffnet die Tür.

67.
INNEN - WOHNUNG DAVID – NACHT

Vera drängt sich wortlos an David vorbei in seine Wohnung und geht ins Wohnzimmer, als ob nichts wäre. David folgt ihr, lächelnd, überrascht.

DAVID
Komm doch rein...

Vera geht rüber zu Davids Schlafcouch, wickelt sich fröstelnd in seine Bettdecke und setzt sich damit auf den Boden vor seinem Bett. David baut sich vor ihr auf.

DAVID
Damit das klar ist: sexuell läuft hier gar nichts!

VERA
Komisch: das Gleiche wollte ich auch gerade sagen.

DAVID
Aber ich hab's zuerst gesagt.

68.
INNEN – WOHNZIMMER/DAVID - NACHT

Vera und David hocken jetzt gemeinsam auf dem Boden vor dem Bett und trinken Kaffee. Vera sieht sich in dem leeren Zimmer mit den Papp-Kartons um. Sie fröstelt. David steht auf und kommt mit einem Pullover zurück.

Vera zieht den Pullover an. Sie steht auf, fasst an einen Heizkörper und schaut David empört an.

VERA
Eiskalt!

DAVID
Ich weiß. Ich krieg sie nicht an.

Vera sieht David kopfschüttelnd an und steht auf.

69.
INNEN – WOHNUNG DAVID/KÜCHE – NACHT

Vera hantiert an den Knöpfen der Gas-Therme, in der jetzt eine bläuliche Flamme aufflackert.

VERA
Das hätten wir. Jetzt gib mal 'ne Zange.

David kramt in seinen Kartons und holt eine Kneifzange heraus.

VERA
Die doch nicht. Hast du keine Flachzange?

70.
INNEN – WOHNZIMMER/DAVID – NACHT

Vera hockt vor dem Heizkörper, dreht ein Ventil auf und lässt die Luft aus dem Heizkörper. David hockt daneben und verschlingt Vera mit Blicken.

DAVID
Warum hast du geweint?

VERA
Ich sag doch: ich hab ferngesehen.

DAVID
Kannst du gar nicht. Vorhin war Stromausfall. Im ganzen Haus.

Vera seufzt und legt die Zange auf den Boden.

VERA
Na wenn schon. Hab ich eben geheult. Was geht's dich an. Moment: Das Licht ging doch - Quatsch: Stromausfall!

David grinst, Vera knufft ihn.

VERA
Blödmann!

71.
INNEN – WOHNZIMMER/DAVID – NACHT

Vera und David liegen jetzt bäuchlings einander gegenüber auf dem Bett und spielen Schach. Vera schaut konzentriert auf das Schachbrett. Dabei fällt ihr immer wieder eine Locke in die Stirn. David schaut statt aufs Schachbrett ständig verliebt zu Vera und streicht ihr sacht die Locke aus der Stirn. Vera weicht seiner Hand aus und pustet sich die Locke von nun an selber aus der Stirn.

DAVID
Also, raus damit: Wie ist das mit dir? Und den Männern!

VERA
Phh. Wie ist das mit *dir?* Und den Frauen! Warum vögelst du alles, was -

DAVID
Tu ich ja gar nicht. Seit einem Jahr hatte ich keinen Sex mehr. Stattdessen hab ich jetzt 'ne Therapeutin.

VERA
Echt? Wow -

DAVID
Na ja: sie gehört mir nicht allein.

Ich teil sie mir mit sechs anderen Bekloppten.

Vera guckt wieder aufs Schachbrett, macht einen Zug. David guckt sie wieder unentwegt an. Vera stöhnt auf.

VERA
Jetzt hör doch mal auf damit!

DAVID
Womit?

VERA
Mich so anzustarren...!

DAVID
Kann ich aber nicht. Ich bin verliebt in dich. Total. So verliebt, dass alles in mir sirrt und flirrt vor Glück.
Ich will dich kennenlernen. Unbedingt! Und alles von dir wissen -

VERA
Aber ich will nicht. Ich will dich nicht kennenlernen. Ich will überhaupt keine Männer mehr kennenlernen. Ich kenne nämlich schon alle!
Schachmatt!

DAVID
Ach was. Das waren bloß die Falschen.

VERA
Aber du bist der Richtige...?!

David nimmt Veras weiße Dame und seinen schwarzen König in die Hand und hält sie Vera unter die Nase.

DAVID
Genau. Genau der Richtige. Sieht man doch.
Guck: Das bin ich, und das bist du.

David lässt den schwarzen König und die weiße Dame zwischen allen anderen Schach-Figuren umherstolpern. Dann lässt er den schwarzen König und die weiße Dame innehalten, einander entdecken und aufeinander zustreben, sich umarmen und küssen.
Vera winkt ab.
David fegt alle anderen Figuren mit einer einzigen Handbewegung vom Brett.

DAVID
Und das ist alles Vergangenheit. Wir fangen ganz neu an.

David holt unter dem Kissenberg auf dem Bett sein „Single-Kissen" mit dem angenähten Stoffarm hervor und fuchtelt damit vor Vera herum.

DAVID

Und das soll endlich auf den Müll!

Vera prustet los, schnappt sich das Kissen und schlenkert mit dem Stoff-Arm herum.

VERA
Ich hab mich immer gefragt, wer so was kauft.

David reißt ihr das Kissen weg und schlägt sie damit. Kissenschlacht.
Vera und David toben durchs Zimmer, lachen, rangeln herum und fallen schließlich atemlos aufs Bett.
Vera beugt sich über David und drückt seine Hände aufs Bett.
Sie sieht ihn an, ernst, beugt ihr Gesicht zu ihm herunter und will ihn auf den Mund küssen.
David taucht blitzschnell unter ihr weg und richtet sich auf. Vera setzt sich ebenfalls auf und sieht ihn verwirrt an.

DAVID
Stopp. Hier wird nicht so drauflos geküsst. Wenn du küssen willst, dann musst du bleiben.

72.
AUSSEN – STRASSE/ VERA/DAVID – NACHT

Alle anderen Fenster sind dunkel, nur bei David brennt noch Licht. Schräg gegenüber erlischt gerade das blinkende Astra-Herz über der Bar „Herzdrei".

Moni kommt heraus, schließt die Tür ab und verschwindet in der Dunkelheit.

73.
INNEN – WOHNUNG DAVID/BAD – NACHT

David und Vera vor dem Waschbecken. David holt eine neue Zahnbürste aus dem Schränkchen, packt sie aus und reicht sie Vera. Beide beim Zähneputzen.

DAVID
Lern' mich doch erst mal kennen -

VERA
Jetzt geht *das* wieder los -

David spuckt die Zahncreme aus, spült mit Wasser nach, plustert sich auf, lässt vor dem Spiegel seine Armmuskeln spielen und grinst dazu.

DAVID
Wieso nicht? Was ist falsch an mir?

Vera stöhnt auf und trocknet sich den Mund ab.

VERA

Da weiß ich gar nicht, wo ich anfangen soll: Du, du bist so - so schrecklich ungestüm. Du - du ziehst hier einfach ein.

Du sagst, du bist verliebt in mich und - und - Das geht mir alles viel zu schnell -

DAVID
Ich kann auch langsam -

David packt Vera und dreht sich mit ihr im Zeitlupen-Walzertakt herum.

DAVID
Siehst du: Ich hab Zeit. Nur für dich. Für den Rest meines Lebens.

Vera macht sich los und bespritzt ihn mit kaltem Wasser. Er spritzt zurück, sie albern herum. Sie stehen beide wieder vor dem Spiegel und trocknen sich ab. Vera betrachtet sich und David im Spiegel, wie sie nebeneinander stehen.

VERA
Und außerdem - Und außerdem bist du mir viel zu schön!

David grinst und fängt an, Horror-Grimassen vor dem Spiegel zu schneiden, die sein Gesicht entstellen. Vera muss lachen, knufft ihn wieder.

VERA
Hör auf. Nein, im Ernst: das stresst mich. Einer, dem alle Frauen nachlaufen...

Sie greift in sein volles, halblanges, gewelltes Haar und verwuschelt es. David nimmt jetzt blitzschnell eine große Schere aus dem Schränkchen, greift sich ins Haar, packt eine dicke Haarsträhne und schneidet sie ab. Vera fällt ihm entsetzt in den Arm.

VERA
He! Spinnst du? Hör auf! Hör sofort auf damit! Du - du bist verrückt! Total verrückt!

David schüttelt sie ab und schnippelt wahllos weiter, mit finster-entschlossenem Gesicht.

DAVID
Ja. Nach dir.

Eine lange Haarsträhne nach der anderen fällt ins Waschbecken. Vera sieht ihm immer wütender zu und boxt ihn in die Seite.

VERA
Du gehst zu weit. Zu weit gehst du -

David schnippelt wie ein Besessener weiter und steht bald mit einem chaotischen Kurzhaarschnitt vor dem Spiegel.

DAVID (murmelnd, wie im Rausch)
Ja. Aber alles für dich. Nur für dich!

David nimmt die Schere und ratscht sich damit blitzschnell über die Wange, so dass jetzt ein langer Blutkratzer über sein Gesicht läuft.
Vera holt sofort aus und gibt ihm eine schallende Ohrfeige auf die unverletzte Wange.
David taumelt zurück, gegen den Badewannen-Rand. Er hält sich die Wange, auf die Vera ihn geschlagen hat und starrt Vera entgeistert an.
Vera holt noch einmal aus und gibt ihm noch eine Ohrfeige. David kommt jetzt endlich zu sich, wischt sich das Blut von der anderen Wange, starrt entgeistert auf das Blut an seiner Hand und wieder zu Vera.
Genauso plötzlich, wie Vera ihn geohrfeigt hat, fällt sie jetzt über David her, umschlingt und küsst ihn.

74.
AUSSEN – STRASSE//VERA/DAVID – NACHT

In der früh morgendlichen Dunkelheit werden die schweren Müllcontainer krachend und scheppernd zum Müllwagen hoch gehievt, geleert und wieder abgesetzt.

75.
INNEN – WOHNUNG VERA/KÜCHE – TAG

Der Affe sitzt im Morgenlicht am Küchentisch.

Auf dem Tisch noch immer das Abendbrot-Geschirr und die Apfelsinen-Schalen, die Vera am Abend zuvor hinterlassen hat.

76.
INNEN – WOHNUNG DAVID/KÜCHE – TAG

David durchwühlt die Schränke nach Essbarem und schmeißt angewidert eine alte Schachtel Kekse in den Müll. Durch die offene Tür sieht man Vera, die sich wohlig im Bett räkelt.

DAVID
Nutella oder Marmelade?

VERA (VOICE OVER)
Salami...?!

DAVID
Vergiss es.

David öffnet eine Knäckebrot-Schachtel und seufzt: nur noch eine Scheibe ist in der Schachtel.

77.
INNEN – SCHLAFZIMMER/DAVID – TAG

Vera und David liegen im Bett mit dem Frühstückstablett in der Mitte: Zwei Kaffeebecher und ein Teller mit nur einem Knäckebrot darauf. David teilt das Knäckebrot in zwei fast gleiche Hälften und gibt die größere Hälfte Vera. Vera bricht von ihrer Hälfte ein Stückchen ab, gibt es David. David bricht von dem Stückchen Knäckebrot wiederum ein kleines Stück ab und gibt es Vera. Vera kuschelt sich glücklich bei David an. Sie sieht sich in dem kaum möblierten Zimmer voller Umzugskisten um.
Vera sieht jetzt die die Schneekugel-Spieluhr, nimmt sie in die Hand und schüttelt sie, dass der Schnee aufwirbelt.

DAVID
Die ist von Hannah! Hannah war mein Kindermädchen. Bis ich sechs war. Als meine Mutter sie weggeschickt hat, hab ich wochenlang kein Wort gesprochen. Mit niemandem!

Vera sieht David mitfühlend an. David stellt das Tablett auf den Boden und umschlingt Vera. Sie liegen Gesicht an Gesicht.

VERA
Wenigstens *hast* du Eltern! Meine Mutter hat mich ins Heim abgeschoben, da war ich zwei. Und meinen Vater, den hab ich nie kennengelernt.

Jetzt sieht David Vera mitfühlend an und drückt sie an sich.

DAVID

Jetzt hast du ja mich.

78.
INNEN – HAUSFLUR/VERA/DAVID – TAG

Richard kommt die Treppen runter, sieht Veras Bademantel, der noch immer in der Haustür klemmt, stutzt und klingelt. Nichts rührt sich.

79.
INNEN – SCHLAFZIMMER/DAVID - TAG

David und Vera liegen im Bett, einander zugewandt, die Gesichter ganz nah beieinander. Langes Schweigen. David streicht ihr eine Locke aus der Stirn.

DAVID
Wenn wir ein Kind hätten: *Deine* Augen müsste es haben. *Deinen* Mund...*deine* Nase...dein Haar...deine Stimme...

Vera wird verlegen, lacht, boxt, kitzelt ihn, sie rangeln herum.

VERA
Ja, ja. Und meine Ohren...

DAVID

Genau. Die ganz besonders.

80.
INNEN – STRASSE VOR HAUS VERA/DAVID – TAG

Mario kommt mit der Kinderkarre aus der Haustür, guckt im Gehen zu Veras Küchenfenster hoch, an dem man den „Mann" alias Plüsch-Affe mit Jacket und Käppi am Tisch sitzen sieht. An Davids Wohnzimmerfenster sind die Vorhänge immer noch zugezogen.

VERA (VOICE OVER)
Du, *das* ist dir jetzt aber *schon* klar?!: Wenn du so scharf auf Kinder bist, dann *müssen* wir irgendwann auch mal Sex haben...!

DAVID (VOICE OVER)
Ich will ja, aber -

VERA (VOICE OVER)
Aber was?

DAVID (VOICE OVER)
Also gut...ach, das ist so...peinlich. Na ja: ich muss immer heulen. Danach.

VERA (VOICE OVER)
Ist das *alles*?... David!?...David: komm mal her!

Na komm. Komm her zu mir! Komm wieder ins Bett, ja?

81.
INNEN – WOHNUNG VERA/KÜCHE – TAG

Der Affe sitzt unverändert am von Vera am Abend zuvor verlassenen Abendbrot-Tisch.

82.
INNEN – HAUSFLUR/VERA/DAVID - TAG

Die alte Hausmeisterin kommt die Treppen runter, sieht den in Veras Tür eingeklemmten Bademantel und die Puschen. Sie klingelt an der Tür, horcht. Nichts rührt sich. Sie geht kopfschüttelnd die Treppen runter.

83.
AUSSEN – STRASSE/ HAUS/VERA/DAVID – TAG

Die Hausmeisterin kommt aus der Haustür und guckt zu Veras Küchenfenster hoch und sieht den „Mann" mit dem Baseball-Käppi am Küchentisch sitzen.

84.
INNEN – HAUSFLUR/VERA/DAVID – TAG

Richard, Mario mit dem Kind auf dem Arm und die alte Hausmeisterin vor Veras Tür, in der immer noch der Bademantel klemmt. Sie klingeln und klopfen. Nichts rührt sich. Sie gehen gemeinsam die Treppen runter. Die Hausmeisterin bleibt abrupt stehen und packt Mario am Arm.

HAUSMEISTERIN (fasziniert)
Nein! *Jetzt* hab ich's: Er hat mal wieder getrunken! Fängt Streit an! Sie will raus! Nichts wie weg! Aber er packt sie! Zieht sie in die Wohnung zurück. Und: Schlägt zu! Mit der Flasche oder - Mein Gott: Die Polizei muss her! Womöglich liegt sie schon tot in der Badewanne.

85.
AUSSEN – STRASSE/ VERA/DAVID – TAG

Richard, Mario mit dem Kind und die Hausmeisterin vor den Müllcontainern. Die Hausmeisterin schmeißt den Müll hinein und schaut dann besorgt zu Veras Fenster hoch. Jetzt wird über ihnen Davids Balkon-Tür aufgerissen. David steht mit nacktem Oberkörper und chaotischem Strubbelkopf auf dem Balkon, nur in eine Decke gewickelt. Er macht Freudensprünge und boxt mit den Fäusten in die Luft.

DAVID (schreit)
Uaaaahhh! Der Wahnsinn! Ich hatte Sex. Und hab nicht geheult!

Die Hausmeisterin, Mario und Richard gucken verblüfft zum Balkon hoch. Mario starrt entsetzt auf Davids chaotischen Haarschnitt und knufft Richard.

MARIO
Sollte er aber!

Richard nickt dazu.

RICHARD
Mhm: Mit *der* Frisur!

Jetzt taucht Vera hinter David auf dem Balkon auf und winkt der Hausmeisterin.

VERA
Hallo! Ich brauch Ersatz-Schlüssel! Hab mich ausgesperrt.

Die Hausmeisterin starrt kopfschüttelnd zu Veras Küchenfenster hoch, wo man den „Mann" am Küchentisch sitzen sehen kann.

HAUSMEISTERIN
Armer Kerl: kein Job! Und jetzt läuft ihm auch noch die Freundin weg!

86.
AUSSEN – HAMBURG/DOMGELÄNDE - TAG

Vera und David laufen über das am frühen Nachmittag menschenleere, gespenstisch verlassene Domgelände zwischen den noch geschlossenen Fress-Buden, den weißen Schausteller-Wohnwagen und still liegenden Karussells entlang. Sie setzen sich an den Rand eines Kinderkarussells. Vera legt ihre Stirn an Davids Stirn und seufzt schwer.

VERA
Also Liebe ist das nicht. Dazu bin ich viel zu glücklich. Mit dir.

Sie küssen sich. David zieht sie an der Hand weiter durch die menschenleeren Gänge. Vor der Achterbahn bleiben sie stehen.
David macht mit einer altmodischen Sofort-Bild-Kamera ein Foto von Vera. Sie schneidet Fratzen, dann fotografiert sie David. Sie tauschen die Fotos aus und laufen weiter. Vor einer riesigen Lebkuchen-Bude, an der sich der LEBKUCHENVERKÄUFER gerade an den noch heruntergelassenen Rollläden zu schaffen macht, bleibt Vera abrupt stehen und stöhnt wieder auf.

DAVID
Was ist..?

VERA
Noch ist es leicht! Wir sind für uns. Nur wir zwei. Aber wenn erst der *Alltag* kommt -

DAVID
Versteh ich nicht: Wieso hat bloß jeder Angst vorm Alltag? Also ich nicht. Ich kann's gar nicht abwarten.

Der Lebkuchen-Verkäufer wuchtet gerade die weißen Rollläden hoch: die ganze bunte Pracht der Zuckerstangen, Liebesäpfel und Lebkuchenherzen wird auf einmal hinter Vera und David sichtbar.
David streift mit den Fingerspitzen eine Reihe von der Decke hängender Lebkuchenherzen, auf denen „Ich liebe Dich" steht, und bringt damit die ganze Herzen-Reihe zum Schwingen.

DAVID
Den Zuckerguss, den schenken wir uns -

David stürmt wieder los, zieht Vera mit sich.

DAVID
Ich will mit dir zu PENNY. Jetzt gleich. Waschpulver kaufen. Und Klopapier. Und deine Macken, die würde ich am liebsten schon seit Jahren kennen, und - und Deine Freunde und -

Vera bleibt stehen, schüttelt den Kopf.

VERA

He. He. Das hier ist das richtige *Leben*! Du kannst nicht einfach *vorspulen*!

David zerrt sie weiter. Vera lässt sich widerstrebend mitziehen.

87.
INNEN – SPIELZEUGLADEN VERA – NACHT

An der Eingangstür hängt das "*Closed*"-Schild.
Vera und David liegen im Dämmerlicht einer Kerze auf dem Boden vor dem Tresen auf ihren ausgebreiteten Mänteln und träumen vor sich hin.
David schaut sich zufrieden im Laden um: Von den Regalen schauen ihnen im Kerzenlicht die Puppen und Stofftiere zu. Um Vera und David herum auf dem Boden dudeln sämtliche gleichzeitig aufgezogene Weihnachtsspieluhren "Stille Nacht". Ein dicker Weihnachtsmann "singt" Jingle-Bells und wackelt dazu mit den Hüften.

VERA
Hach: Weihnachten! Da wollte ich immer 'ne eigene Familie. Wie in den amerikanischen Filmen. Und unterm Weihnachtsbaum: Berge von Spielzeug. Nur für mich. Im Heim mussten wir ja alles teilen. Jeden Morgen, wenn ich hier aufschließe, dann ist das wie ein Kindertraum. Der wahr geworden ist.

David nickt, schaut sich um und entdeckt jetzt in einem Regal einen als Arzt gekleideten Steiff-Teddy, mit Stethoskop, Spritze und Arzt-Köfferchen.

DAVID
Hey: wow! *Mein* Arzt-Teddy!

David springt auf, holt den Teddy vom Regal.

DAVID
Den gleichen hat meine Oma mir geschenkt. Obwohl mein Vater Kuscheltiere strengstens verboten hatte. Das wäre nichts für Jungs! Ich hab ihn immer unterm Bett versteckt. Aber eines Tages war er weg...

Vera drückt ihm den Teddy in den Arm, küsst ihn.

VERA
Jetzt hast du ihn wieder.

88.
INNEN – BAR HERZDREI – NACHT

Am Tresen die Wirtin Moni, Stammgast Claudia und die drei älteren Stammgäste. Moni, hinterm Tresen, schaut immer wieder gerührt zu Vera und David herüber, die hinten in einer verschwiegenen Ecke sitzen. Vera hält das Mikro in der Hand und singt für David: "Fly me to the moon".

Dazu halten die beiden Händchen und himmeln einander an. Auch die Stammgäste am Tresen schauen sich grinsend zu den beiden Verliebten um. Auch Claudia guckt hin und wieder zu Vera und David herüber und bläst verächtlich die Backen auf. Moni sieht Claudias neidische Blicke. Claudia zuckt die Achseln.

CLAUDIA
Den krieg ich auch noch.

Von draußen ertönt jetzt ein gewaltiger Knall: Vor der Bar sind zwei Autos frontal aufeinander gefahren. Die Kühlerhauben sind eingedrückt und qualmen, ohrenbetäubendes Dauerhupen erklingt. Alle GÄSTE in der Bar, mit Ausnahme von Vera und David, stürzen zur Tür und gucken dem Spektakel zu.
Die beiden AUTOFAHRER sind ausgestiegen, brüllen sich an und prügeln sich schließlich.
Nur David und Vera merken von all dem überhaupt nichts und halten weiter Händchen.
David guckt jetzt auf seine Armbanduhr, erschrickt.

DAVID
Oh nee: Ich hab ja heut' Nachtdienst -

David blättert in seinem kleinen Taschenkalender.

DAVID
Aber wie wär's mit morgen Abend? Warte mal...bis sieben bin ich im Krankenhaus...um Acht?

Vera strahlt.

DAVID
Aber diesmal bei dir, ja?

Veras Lächeln erstirbt, sie guckt ängstlich, nickt tapfer. David grinst.

DAVID
Komm schon: reichlich Zeit zum Aufräumen, du Angsthase!

89.
INNEN – ANALYTIKER-PRAXIS – NACHT

Der gleiche Stuhlkreis, die gleiche Gruppe. Jetzt sitzen David und Jakob nebeneinander. Alle Blicke sind wieder auf David gerichtet, nur dass jetzt die weiblichen Patientinnen ihm alle kritische Blicke zuwerfen. Nur Jakob schaut zufrieden in die Runde.
David hat sich entspannt zurückgelehnt, die Arme hinter dem Hinterkopf verschränkt und lächelt selig.

ANALYTIKERIN (mit unterdrücktem Zorn)
Verboten hatte ich Ihnen das! *Ausdrücklich* verboten: Das dauernde Kistenpacken! Die ewige Umzieherei. Und jetzt sind Sie schon wieder auf der Flucht -

Jakob klopft David auf die Schulter.

JAKOB
Quatsch. Er ist nicht auf der Flucht. Diesmal nicht. Diesmal ist er *angekommen*.

David nickt Jakob dankbar zu. Die Frauen gucken allesamt skeptisch und besorgt.

PATIENTINNEN (alle durcheinander)
Aber so überstürzt -
Du kennst sie doch gar nicht -
So sensibel, wie du -

JAKOB
Blödsinn. Alles Quatsch. *Er* ist verliebt. Und *ihr* seid eifersüchtig.

Die Analytikerin, die Patientinnen und David sehen Jakob immer erstaunter an. Jakob zuckt die Achseln und grinst.

JAKOB
Was?! Was ist? Ich hab's mir überlegt: Immer noch besser ein schöner Mann in der Runde, als ganz allein mit euch Weibern!

90.
INNEN – SCHLAFZIMMER/VERA – TAG

Veras Wecker schrillt, sie schreckt hoch, verwirrt, verschlafen. Sie sieht auf die Uhr: halb sieben. Vera springt wie elektrisiert aus dem Bett.

91.
INNEN – WOHNZIMMER/VERA – TAG

Vera saust hektisch mit dem Staubsauger durchs Zimmer. In der Ecke steht ein voller Müllsack.

92.
INNEN – WOHNUNG VERA/KÜCHE – TAG

Vera saugt den Küchenboden um den Stuhl mit dem Affen herum. Sie hält inne, sieht den Affen an, stemmt die Arme in die Hüften und bläst ratlos die Backen auf.

93.
INNEN – WOHNUNG VERA/KÜCHE/BAD – TAG

Vera, nur im Slip, läuft hektisch zwischen Bad und Küche hin und her, rührt abwechselnd in den Töpfen auf dem Herd, steht dann vorm Badezimmerspiegel und föhnt. Schließlich saust sie wieder in die Küche und rührt in den Töpfen.

Sie läuft raus, probiert im Bad ein T-Shirt an, reißt sich das T-Shirt herunter und wirft es in der Küche achtlos auf den Affen, der immer noch an der gleichen Stelle auf dem Küchenstuhl sitzt und bereits unter einem Berg von schon probierten Kleidungsstücken begraben ist.
Vera hält inne, seufzt schuldbewusst und buddelt den Affen aus dem Kleiderberg hervor.

94.
INNEN – KRANKENHAUS/FLUR – TAG

David geht fröhlich pfeifend und federnden Schrittes den Flur entlang. Er steuert auf ein Grüppchen KOLLEGEN zu, das gerade Kaffee aus Papp-Bechern trinkt. Er tippt einem Kollegen auf die Schulter.

DAVID
Du: kannst du mich ablösen? Ich will heute früher weg – Am liebsten sofort. Geht das?

Die Kollegen mustern David mit seinem chaotischen Haarschnitt und dem Kratzer im Gesicht erstaunt. Der Kollege guckt auf die Armbanduhr, zögert, nickt.
David strahlt und schlägt ihm im Weggehen dankbar auf die Schulter, so dass dem Kollegen der Kaffee über den Kittel schwappt. David merkt nichts davon, reißt sich im Gehen seinen Kittel herunter und läuft beschwingt weiter.

95.
INNEN – FRISIERSALON MARIO/RICHARD – TAG

David sitzt vorm Spiegel, jetzt mit einem gepflegten Kurzhaarschnitt. Mario turnt geschäftig um ihn herum und nimmt ihm den Umhang ab.

MARIO
Voilà!

Mario klopft ihm die restlichen Haare von den Schultern, greift unter Davids Kinn und dreht seinen Kopf zufrieden hin und her.
David betrachtet sich im Spiegel und nickt.
Neben Mario frisiert Richard gerade einen anderen Kunden und sieht immer wieder eifersüchtig zu David und Mario herüber. Mario tänzelt immer noch geschmeidig um David herum, himmelt ihn an, zupft ihm an den Haaren herum und wirft jetzt einen Blick auf seinen Blutkratzer.

MARIO
War wohl 'ne heiße Nacht...

David lächelt nur und will aufstehen. Mario drückt ihn in den Stuhl zurück.

MARIO (mit gedämpfter Stimme)
Du, äh, das weißt du aber *schon*, oder? Also: dass die Vera jemanden hat?!

RICHARD (gereizt)
Jetzt lass doch -

MARIO (bockig)
Wieso? Weiß doch das ganze Haus -

RICHARD
Na, vielleicht ist ja längst Schluss. Mit dem. Das geht uns doch gar nichts an -

MARIO (noch bockiger)
Nee, nee. Hab ihn ja vorhin noch gesehen...!

RICHARD
Ach, was du schon gesehen -

MARIO
Doch, doch: Der hockt bei ihr in der Küche herum. Wie immer.

David will aufstehen und gerät dabei leicht ins Taumeln. Jetzt erst sehen Mario und Richard David richtig an. Mario drückt ihn besorgt wieder auf den Stuhl zurück.

MARIO
Mein Gott: Du bist ja bleich wie 'ne Wand.

Mario nimmt eine Zeitschrift, fächelt David Luft zu und tänzelt hysterisch um ihn herum. Richard schüttelt bloß den Kopf dazu, kommt mit einer Schnapsflasche und einem Glas zu David und schenkt ein.

RICHARD (böse, zu Mario)
Und ich *sag* noch: halt die Klappe.

96.
INNEN – WOHNUNG VERA/KÜCHE – TAG

Vera rührt wieder in den Töpfen. Sie dreht sich immer mal wieder schuldbewusst zu dem Affen auf dem Küchenstuhl um. Schließlich lässt sie die Töpfe sein, geht zu ihm, setzt sich auf seinen Schoß, umarmt ihn und streichelt ihm über die Wange.

VERA
Ach komm.
Das mit uns: das konnte doch nicht ewig gehen! Das wussten wir doch beide…!

97.
AUSSEN – STRASSE/VERA/DAVID – TAG

David steigt vom Rad und schließt es an. Er guckt zu Veras Küchenfenster hoch: Er sieht Vera, mit nacktem Oberkörper, auf dem Schoß eines „Mannes", von dem David nur den Oberkörper und Hinterkopf mit Baseball-Käppi sehen kann. Sie umklammert und küsst den Mann.

98.
INNEN – WOHNUNG VERA/KÜCHE – TAG

Vera rennt wieder geschäftig in der Küche hin und her und dreht sich dabei immer wieder zu dem Affen um.

VERA
Mensch: Du bist 'n echter Kumpel...Kannst zuhören! Wie kein anderer! Aber auf die Dauer...!?
Lerne David doch erst mal kennen! Er ist so...so wunderbar!

99.
INNEN – HAUSFLUR VERA/DAVID – TAG

David steht vor Veras Wohnungstür, will klingeln, zögert, hört Veras Schritte und ihre Stimme.
David presst sein Ohr an die Wohnungstür.

100.
INNEN – WOHNUNG VERA/FLUR – TAG

Vera schleppt jetzt den Affen durch ihren Flur in Richtung Schlafzimmer, hält inne und schaut in seine vorwurfsvoll schielenden Affen-Augen und sein treuherziges Gesicht. Vera schüttelt ihn streng.

101.
INNEN – HAUSFLUR VERA/DAVID – TAG

David presst sein Ohr an die Haustür und hört von draußen jetzt laut und deutlich Vera im Flur mit dem Affen sprechen.

VERA (VOICE OVER)
Wieso soll ich mich eigentlich schuldig fühlen? Zwischen uns muss sich doch gar nichts ändern...

VERA (VOICE OVER)
Also bitte: *Ja*! Der Sex *war* toll...!
Da schlägt er dich um Längen...!
Wieso? Dann *frag erst gar nicht*...!

David, der Veras Stimme laut und deutlich durch die Tür gehört hat, lehnt sich mit versteinertem Gesicht an die Wand.

4. HÖLLE

102.
INNEN – SCHLAFZIMMER/DAVID – NACHT

David steht vor der Bettcouch und starrt auf das von ihm und Vera am Vortag zerwühlte Bettzeug. Er setzt sich auf die Bettkante, streicht über das Kissen, presst seinen Kopf hinein, lässt sich zur Seite fallen und bleibt in Embryo-Haltung auf dem Bett liegen.

103.
INNEN – SCHLAFZIMMER/DAVID – NACHT

David liegt jetzt im Dunkeln auf dem Bett. Er steht auf, geht ans Fenster, starrt hinaus in die Dunkelheit und auf das blinkende Astra-Herz der Bar „Herzdrei" gegenüber. Er nimmt das Foto von Vera, das neben der Spieluhr und dem Arzt-Teddy auf der Umzugskiste steht, zerreißt es in lauter kleine Schnipsel und lässt sie auf den Boden rieseln. Er geht zum Bett und beginnt hektisch, das Bettzeug herunter zu reißen.

104.
INNEN – SCHLAFZIMMER/DAVID – NACHT

David steht wieder vor seinem Bett, diesmal mit einem großen Küchenmesser. Er stürzt sich auf das Kopfkissen und schlitzt es auf, dass die Daunen nur so durchs Zimmer fliegen.

105.
INNEN –SCHLAFZIMMER /VERA – NACHT

Vera hockt vor ihrem offenen Kleiderschrank und verstaut den Affen darin. Sie probiert die Schranktür zu schließen, doch der Affe ist sperrig, sie muss ihn noch tiefer in den Schrank hinein drücken. Schließlich lässt sich die Tür schließen.

106.
INNEN – WOHNUNG VERA/KÜCHE – NACHT

Vera, jetzt in Jeans und T-Shirt, zündet die Kerzen an dem festlich gedeckten Tisch an, seufzt zufrieden, guckt auf ihre Uhr und erschrickt.

107.
INNEN – HAUSFLUR/VERA/DAVID – NACHT

Vera klingelt an Davids Wohnungstür. Wartet. Klingelt wieder. Geht wieder in ihre Wohnung.

108.
INNEN – WOHNUNG VERA/KÜCHE – NACHT

Vera sitzt am Küchentisch bei schon halb heruntergebrannten Kerzen. Sie pustet die Kerzen aus. Läuft hin und her. Denkt nach. Trommelt. Geht ans Fenster. Guckt nach unten zur Bar „Herzdrei", schaut lange, mit sich verfinsternder Miene zu, wie das Astra-Herz blinkt. Sie geht zum Küchentisch und pustet die Kerzen aus.

109.
INNEN – BAR HERZDREI – NACHT

Moni schaut vom Tresen aus zu David herüber, der in einer Ecke sitzt, umringt von feiernden GÄSTEN, und mit hängenden Schultern und sehr deprimiertem Gesicht in sein Glas starrt.
Stammgast Claudia hat sich vor ihn auf den Tisch gesetzt und singt für ihn "love is a losing game" von Amy Winehouse.
Claudia räkelt sich vor David aufreizend auf dem Tisch, streicht ihm beim Singen übers Haar und fasst unter sein Kinn. David bringt mühsam ein Lächeln zustande und winkt Moni. Sie soll beiden nachschenken. Moni greift zum Handy.

MONI
Vera? Du: dein David, der betrinkt sich hier! Mit Claudia!

110.
INNEN – WOHNUNG VERA/KÜCHE – NACHT

Vera steht in der Küchentür mit versteinertem Gesicht und starrt auf ihr Handy. Sie lässt sich am Türrahmen herunter rutschen und bleibt wie betäubt am Boden sitzen.

111.
AUSSEN – STRASSE /BAR HERZDREI – NACHT

Vera, die Pudelmütze tief ins Gesicht gezogen, den Mantelkragen hochgeschlagen, eine Sonnenbrille auf der Nase, schleicht sich so unauffällig wie möglich an das Fenster der Bar „Herzdrei" heran.

112.
INNEN – BAR HERZDREI – NACHT

Claudia schmiegt sich an David, der immer noch sehr betrübt in sein Glas starrt.

CLAUDIA
Also: bei Liebeskummer, da hilft nur eins: Küssen! Was das Zeug hält!

Claudia fällt über David her und küsst ihn. David bleibt unbeweglich sitzen und lässt sich küssen.

113.
AUSSEN – STRASSE/ BAR HERZDREI – NACHT

Vera erspäht jetzt im Gewühl Claudia, die David küsst.
Vera wendet sich ab und läuft die Straße herunter.

114.
INNEN – BAR HERZDREI – NACHT

Claudia sieht David erwartungsvoll an. David sieht noch genauso deprimiert aus, wie vor dem Kuss. Claudia sieht ihn erstaunt an. Sie beugt sich wieder über ihn und küsst ihn nochmal.

115.
INNEN – SCHLAFZIMMER/VERA – NACHT

Vera, noch im Mantel, öffnet langsam ihren Kleiderschrank, holt den Affen wieder heraus, trägt ihn zum Bett und setzt ihn auf die Bettkante. Vera setzt sich neben den Affen, legt ihm wie tröstend den Arm um die Schulter, lehnt sich an und wiegt ihn sacht hin und her.

VERA
Siehst du: Lohnt sich gar nicht. Lohnt sich nicht. Das mit der Liebe.

116.
INNEN – WOHNUNG VERA/BAD – NACHT

Vera, jetzt in einem sexy Kleid und auf hohen Pumps, steht vor dem Badezimmerspiegel und schminkt sich. Ihre Lippen sind bereits knallrot. Sie tuscht sich die Wimpern, weint aber dabei, so dass sie sich ständig Tränen und schwarze Wimperntusche von den Wangen wischen muss.

117.
INNEN – WOHNUNG VERA/KÜCHE – NACHT

Vera hat aufgehört zu weinen. Sie durchsucht jetzt hektisch ihre Vorratskammer, findet endlich eine Flasche Wodka und nimmt einen langen Zug aus der Flasche. Sie atmet tief durch, jetzt mit kämpferischer Miene, und setzt noch einmal die Flasche an. Sie dreht sich um, ihr Blick fällt auf den festlich gedeckten Küchentisch. Sie reißt die Tischdecke herunter und fegt so das Geschirr mit einem Schwung vom Tisch.

118.
INNEN – BAR HERZDREI – NACHT

Die Bar ist brechend voll. Moni, hinterm Tresen, guckt kopfschüttelnd zu David und Claudia herüber: Einer von Monis Stammgästen singt gerade für Claudia "You can leave your hat on" von Joe Cocker.
Claudia steht auf einem Stuhl und tanzt dazu den in dem Lied besungenen Strip.

Claudia zieht gerade ihren Pulli über den Kopf, wirbelt ihn herum und wirft ihn David zu.
Um sie herum lauter klatschende und johlende GÄSTE.
David schaut immer noch deprimiert vor sich hin, fängt den Pulli aber auf und ringt sich mühsam ein Lächeln ab.
Vera betritt die Bar und drängt sich durchs Gewühl zum Tresen, ohne von David und Claudia gesehen zu werden.
Moni sieht die sexy aufgetakelte, kaum wiederzuerkennende Vera erstaunt an und stellt ihr einen Espresso hin.
Vera schiebt die Tasse verächtlich weg.
Moni schenkt ihr einen Wodka ein, den Vera schweigend herunter kippt. Moni nickt nach hinten zu David und Claudia.

MONI
Na: geh rüber. Frag ihn, was los ist!

VERA
Siehst du doch, was los ist. Nee, nee, du: Was der kann, kann ich auch. Ich brauch jetzt 'nen Mann! *Sofort!*

MONI
Vera! Das ist doch Kinderkram!

Vera zuckt bockig die Achseln und sieht sich hektisch in der Bar um: Überall nur Paare und Single-Frauen. Endlich entdeckt sie einen gutaussehenden JUNGEN MANN allein an einem der Tische. Vera lächelt ihm auffordernd zu. Der junge Mann lächelt zurück. Vera sieht Moni, die den Blickwechsel beobachtet, triumphierend an. Jetzt kommt

eine JUNGE FRAU an den Tisch, begrüßt und küsst den jungen Mann. Vera seufzt, Moni schmunzelt.
Die Tür geht auf, Stammgast Alex betritt die Bar und steuert auf den Tresen zu. Moni zieht die Augenbrauen hoch, nickt zu ihm herüber, guckt Vera an und lächelt vielsagend.
Vera sieht Alex und verdreht die Augen. Sie seufzt, überwindet sich und lächelt Alex zu, der sich sofort zu ihr an den Tresen setzt und fasziniert in ihren tiefen Ausschnitt starrt.
Alex nimmt die Sonnenbrille ab, zwinkert Vera zu und will die Sonnenbrille lässig am Zeigefinger herumwirbeln. Die Sonnenbrille fällt ihm dabei auf den Boden.
Vera wird im Gedränge angerempelt und tritt auf die Brille. Sie hebt die zerbrochene Brille auf, drückt sie Alex in die Hand und zieht ihn vom Hocker herunter.
Im Stehen ist Alex ziemlich klein, kleiner als Vera.
Vera hakt ihn unter und zieht ihn durchs Gewühl zu David und Claudia.
Moni schaut ihnen kopfschüttelnd hinterher. Alex dreht sich nochmal zu Moni um und dreht triumphierend die Daumen nach oben.

119.
INNEN – BAR HERZDREI – NACHT

David entdeckt Vera erst, als sie mit Alex direkt vor seinem Tisch steht. Er erstarrt. Beide sehen einander in die Augen. David setzt blitzschnell ein kühles Lächeln auf. Er rutscht auf der Bank beiseite und macht Platz für Vera und Alex.

VERA
Na? Was wird denn hier gefeiert?

DAVID
Die glückliche Landung, natürlich. Auf dem Boden der Tatsachen.

David prostet Vera zu. Vera nickt, rückt dicht an Alex heran und kippt ihren Drink herunter.

DAVID
Guter, alter Boden. Bist immer da. Wenn wir uns verirren. Im luftigen Reich der Wünsche. Und der Illusionen.

David mustert Alex, der besitzergreifend seinen Arm um Vera gelegt hat, und legt jetzt den Arm um Claudia.

DAVID
Und wie ich sehe, sind wir *beide* gelandet.

VERA
Mhm. Das Landen ist meine Spezialität.

120.
INNEN – BAR HERZDREI – NACHT

Vera drängt sich durchs Gewühl zum Tresen.

Auf dem Weg dorthin erstirbt ihr künstliches Lächeln. Sie setzt sich erschöpft und deprimiert auf einen der Barhocker. Moni, hinterm Tresen, hat den Karaoke-Monitor angeschaltet und singt gerade "Eins und Eins, das macht Zwei" von Hildegard Knef, wieder mit sehr professioneller Stimme und beträchtlichem Talent.
Vera winkt Moni heran. Moni legt das Mikro weg und beugt sich zu Vera über den Tresen.

VERA (gähnt)
Mach mir mal 'nen Espresso! Wir ziehen noch los, alle vier. Erstmal zum Dom und -

Moni stellt Vera kopfschüttelnd einen Espresso hin. Vera kippt den Espresso herunter und legt Geld auf den Tresen. Sie zieht ihren Mantel an und wendet sich zum Gehen. Moni kommt schnell hinterm Tresen hervor und hält sie am Arm zurück.

MONI
Mensch, Vera: Geh bloß ins Bett!

Vera dreht sich um, reißt sich los und baut sich wütend vor Moni auf.

VERA
Ins Bett? Ha! Diese Nacht! Die fängt erst an!

Vera packt Moni bei den Schultern.

VERA (immer wütender)
Ich hab es satt: Die kleine dumme Vera zu sein. Diesmal schlag ich zurück. Ich zieh das durch. Bis zum bitteren Ende. Und wenn es sein muss, dann geh ich sogar bis zum Äußersten!

Moni hört zu, mit wachsendem Erstaunen.

MONI
Doch nicht Sex! Mit Alex!?

Vera, in ihrem Wutrausch, hört gar nicht hin.

VERA
Ha: David! Der Traum-Mann! Dem alle Frauen nachlaufen! Betrogen! Abserviert! Von *mir*!

MONI
Wow! So hab ich dich ja noch nie erlebt!

Vera seufzt jetzt wieder sehr verzagt.

VERA
Und außerdem: Er ist mein Nachbar!

Denk doch nach: Jeden Tag zittern, dass ich ihn treffe? Im Hausflur?! Auf der Straße?! Nee, du.

MONI
Versteh ich nicht: *Er* ist doch der Mistkerl! Wieso musst *du* dich schämen?

VERA
Weil es nun mal so ist! Keiner will der Verlierer sein!

121.
AUSSEN – HAMBURGER DOMGELÄNDE – NACHT

Alex, David und Claudia lachend, Vera mit vor Angst verzerrtem Gesicht in einer Achterbahn-Gondel. Alle vier mit flatternden Schals von ganz oben krachend in die Tiefe sausend.

122.
AUSSEN – HAMBURGER DOMGELÄNDE – NACHT

Alle vier im Gedränge vor einen gigantischen „Fahrstuhl", in dem die Fahrgäste mit einem einzigen rasanten Fall in die Tiefe sausen. Vera und Claudia schauen beklommen nach oben und schütteln langsam die Köpfe. David sieht Alex herausfordernd an. Alex nickt tapfer und drängt sich mit David zur Kasse.

123.
AUSSEN – DOM/AUTOSCOOTER – NACHT

Claudia und Vera stehen am Rand und schauen zu, wie David Alex mit seinem Gefährt über die Fahrbahn jagt und ihn immer wieder heftig rammt, so dass Alex unsanft nach vorn und wieder zurück auf den Sitz geschleudert wird. Claudia dreht sich in aller Ruhe einen Joint und fixiert Vera von der Seite.

CLAUDIA
Also diesen David, den hast du ja schnell abgeschossen.

VERA (betont cool)
Phh. Einer, dem alle nachlaufen. Was soll ich mit dem!

CLAUDIA
Wieso? Was hast du gegen schöne Männer? Die anderen machen einem genauso viel Kummer.

David rammt jetzt wieder Alex mit seinem Wagen. Alex wird herumgeschleudert und verliert dabei seinen Hut. Der Hut bleibt auf der Fahrbahn liegen und wird sofort von einem anderen Wagen platt gefahren.

124.
AUSSEN – DOM/GEISTERBAHN – NACHT

Alle vier vor der Geisterbahn. Zwei freie Gondeln kommen krachend durch die Eisentür ins Freie. Vera steigt ein. David drängt sich blitzschnell an Alex vorbei und setzt sich neben Vera, so dass Alex sich zu Claudia in die nächste freie Gondel setzen muss.

125.
INNEN – GEISTERBAHN – NACHT

Die Gondel fährt quietschend und krachend durch die Eisentür in die Dunkelheit, vorbei an rot aufblinkenden Skeletten und Monstern. Sofort packt David Vera und zieht sie grob an sich.

DAVID
Du hast Angst. Gib's zu!

Vera stößt ihn von sich und zieht sich in ihre Ecke zurück.

VERA
Bah! Du stinkst nach Claudia! Nach diesem aufdringlichen Parfüm.

DAVID
Und du nach *ihm*! Wenn schon.

David versucht wieder, Vera an sich zu ziehen.

Sie stößt ihn in seine Ecke zurück. Sie rattern jetzt an allen möglichen Gruselmonstern vorbei, jeder in seine Ecke gelehnt. David tippt ihr auf die Schulter.

DAVID
Klar hast du Angst! Ich auch.

Vera schnauft verächtlich und dreht sich weg. David packt sie grob und zieht sie wieder an sich. Vera wendet ihr Gesicht ab, aber David nimmt ihren Kopf in seine Hände und zwingt sie, ihn anzusehen.

DAVID
Ich hab auch Angst: Dass wir alles kaputtmachen. Dabei waren wir gestern noch so mutig. Da wollten wir beide was wagen -

VERA
Gestern? Was war nochmal gestern? Hilf mir auf die Sprünge! Ist so schrecklich lange her!

David lässt Vera los und lehnt sich wieder in seine Ecke.

DAVID
Recht hast du. Bleiben wir bei dem, was wir kennen. Wälzen wir uns von Bett zu Bett.

126.
INNEN – HH-KIEZ-CLUB – NACHT

Dröhnend laute Musik, flackerndes Stroboskop-Licht, großes Gedränge auf der brechend vollen Tanzfläche. Mittendrin: Claudia, David, Alex und Vera. Alex tanzt affektiert um Vera herum. David und Vera lächeln künstlich, streifen aber einander immer wieder mit heimlichen, verzweifelten Seitenblicken.

127.
INNEN – TAXI – NACHT

Alex sitzt vorne beim Fahrer. David sitzt hinten in der Mitte. Claudia hat sich müde und angetrunken an ihn gelehnt.
Auf der anderen Seite neben David sitzt Vera, so weit wie möglich von David weg, in ihre Ecke gequetscht, die Stirn ans Fenster gelehnt.
David und Vera schauen beide traurig und erschöpft links und rechts aus dem Fenster, wo das nächtliche Kiez-Gewimmel der Reeperbahn, mit den blinkenden Sex-Leuchtreklamen, Bars, Prostituierten, Touristen und Obdachlosen an ihnen vorbei saust.

128.
INNEN – HAUSFLUR /VERA/DAVID – NACHT

David mit Claudia, Vera mit Alex, stehen jeweils vor ihren Wohnungstüren.

David und Vera zögern beide noch, aufzuschließen und tauschen einen flüchtigen Blick.

VERA (panisch)
Trinken wir doch noch was! Alle zusammen!

David nickt sofort, aber Claudia nimmt David ungeduldig den Schlüssel aus der Hand, schließt seine Tür auf und schiebt ihn in seine Wohnung.

CLAUDIA (zu Vera)
Danach vielleicht.

Vera sieht die beiden in Davids Wohnung verschwinden und schließt ebenfalls ihre Wohnungstür auf.

129.
INNEN – WOHNZIMMER/VERA – NACHT

Vera schiebt Alex ins Wohnzimmer. Sie drängt sich schnell an ihm vorbei und schließt die Schlafzimmertür und die Küchentür, so dass Alex den Affen auf der Bettkante und das zerschlagene Geschirr auf dem Küchenboden nicht sehen kann. Alex macht es sich auf dem Sofa bequem.
Vera läuft zum CD-Player, macht Musik an, dreht sie laut auf und läuft raus in die Küche.

130.
INNEN – WOHNUNG VERA/KÜCHE – NACHT

Vera stakst durch das Chaos von zerbrochenem Geschirr und Essen auf dem Boden vorsichtig zum Kühlschrank und holt eine Flasche Champagner heraus.

131.
INNEN – WOHNZIMMER /VERA– NACHT

Alex hört das Plöppen des Sektkorkens durch die Küchentür. Er lächelt zufrieden, zieht schnell ein Mundspray aus der Hosentasche, pustet, kontrolliert seinen Atem und lehnt sich erwartungsvoll auf dem Sofa zurück.
Alex steht wieder auf, schaltet die Deckenlampe aus und macht gedämpftes Licht an. Er setzt sich wieder aufs Sofa und probiert Sitzposen, die zugleich sexy und für ihn bequem sind. Er streicht sich das Haar zurück und schaut sich schließlich im Zimmer um.

132.
INNEN - WOHNUNG VERA/KÜCHE – NACHT

Vera trinkt aus der Champagner-Flasche, trinkt und trinkt und trinkt.

133.
INNEN - SCHLAFZIMMER /DAVID – NACHT

Claudia stößt David aufs Bett, dass die Daunenfedern nur so durch die Luft stieben. Sie wirft sich über ihn und will ihm sein T-Shirt ausziehen. Sie balgen herum. David macht sich los und richtet sich auf.

DAVID
Wir haben doch Zeit jetzt!?

Claudia sieht sich im Zimmer um: überall Daunenfedern, auf dem Bett, auf dem Boden. Leere Bücherregale, keine Bilder, nur Umzugskisten, darauf die Spieluhr und der Arzt-Teddy als einziger Schmuck.

CLAUDIA
Interessante Wohnung!

Sie nimmt den Teddy vom Kisten-Nachttisch in die Hand. David nimmt ihn ihr aber sofort aus der Hand und stellt ihn wieder auf die Kiste. Claudia beugt sich über ihn und küsst ihn. David gibt kurz nach und rappelt sich wieder unter ihr hoch.

DAVID
Was machst du eigentlich sonst so? Also wenn du nicht gerade Männer verführst. Erzähl doch mal: wer bist du, oder - na ja: wovon träumst du so -

Claudia stutzt, schaut ihn entgeistert an und begräbt ihn sofort wieder unter sich.

CLAUDIA
Gar nicht. Ich träume gar nicht -

Claudia macht sich an Davids Jeans zu schaffen.

CLAUDIA
...für mich gibt es nur das *Hier* -

Claudia öffnet seinen Jeans-Gürtel mit einem gezielten Griff, das Gürtelende klatscht gegen seine Jeans.

CLAUDIA
- und *Jetzt*!

134.
INNEN - WOHNUNG VERA/KÜCHE – NACHT

Vera trinkt noch immer aus der Champagner-Flasche. Durch die Tür hört man Alex' selbstgefällige Stimme aus dem Wohnzimmer.

ALEX (VOICE OVER)
Siehst du? Ich wusste es. Von Anfang an: Dass mit uns was läuft.

Vera verdreht die Augen, setzt die Champagner-Flasche ab und rülpst.

VERA (leise, zu sich)
Na: also ich nicht.

ALEX (VOICE OVER)
Ich kenn das schon: So fängt's jedes Mal an. Erst denken die Frauen: Was für 'n arroganter Arsch. Und dann -

VERA (schreit von der Küche zu Alex herüber)
Ja, ja: Und dann finden sie heraus, was für 'n netter Kerl du im Grunde -

ALEX (VOICE OVER)
Falsch! Sie finden raus, dass ich ganz zu Recht 'n arroganter Arsch bin: Tja: ich bin eben gut. Einfach gut.

Vera verdreht die Augen und trinkt weiter.
Endlich setzt sie die Flasche ab, atmet noch mal tief durch, strafft sich, wirft das Haar zurück und geht entschlossen ins Wohnzimmer.

135.
INNEN - WOHNZIMMER/VERA – NACHT

Vera steckt den Kopf zur Wohnzimmertür herein. Alex lächelt erfreut.

VERA

Bin gleich bei dir.

Alex grinst anzüglich.

ALEX
Bloß schnell in was Bequemeres schlüpfen, wie?

136.
INNEN – SCHLAFZIMMER/DAVID - NACHT

David liegt bäuchlings auf Claudia und stützt sich links und rechts mit den Armen ab. Beide sind nackt. Durch die Wand dringen aus Veras Schlafzimmer laute weibliche Lustschreie, dazu dumpfes, rhythmisches Bettgestell-gegen-die-Wand-Krachen. David lässt sich auf Claudia fallen und seufzt.

CLAUDIA
Ist doch gut, der Rhythmus. Mach doch einfach mit –

David wälzt sich von Claudia herunter auf die Seite.

DAVID
Tut mir leid –

Claudia richtet sich auf und greift nach ihren Kleidern.

CLAUDIA
Ach vergiss es. Ich krieg bloß keinen Sex heut' Nacht.
(Sie guckt auf ihre Uhr, leise) Obwohl…
Aber den Kummer, den hast du!

Sie dreht sich zu David um. David sieht sie erstaunt an. Claudia zupft ihm ein paar Daunen aus den Haaren und lässt sie auf den Boden rieseln. Claudia zieht seelenruhig ihr T-Shirt wieder an, greift nach Pulli und Schuhen. Durch die Wand klingen immer noch die Sex-Geräusche.

CLAUDIA
Na ja: der Penis lügt nicht.
Und außerdem: ich bin ja nicht blind.

Claudia zieht ihre Jacke an und dreht sich an der Tür nochmal zu David um.

CLAUDIA
Ach, ich beneide dich! Sogar um den Schmerz. Ich war schon seit Jahren nicht mehr verliebt.

137.
INNEN - WOHNZIMMER /VERA - NACHT

Alex sitzt noch immer allein bei dröhnend lauter Musik auf dem Sofa, blättert in einer Zeitschrift und trinkt Champagner aus der Flasche.

Er guckt irritiert auf seine Armbanduhr und wirft die Zeitschrift auf den Tisch.
Schließlich steht Alex auf und macht die Musik leiser.
Jetzt hört auch er die „Sexgeräusche" aus dem Nebenzimmer. Alex stutzt und geht schließlich zu Veras Schlafzimmertür. Er öffnet die Tür vorsichtig einen Spalt breit und erstarrt vor Staunen: Ein schwacher Lichtstrahl fällt ins dunkle Schlafzimmer. Vera liegt mit dem Kopf am Fußende auf ihrem Bett, stößt laute Lustschreie aus und tritt mit den Füßen mit aller Kraft gegen das Kopfteil ihres Bettes, so dass es gegen die Wand kracht.
Auf der anderen Bettkante, den Rücken Vera und Alex zugewandt, sitzt aufrecht, unbeteiligt und reglos ein „Mann" mit Jacket und Baseball-Käppi.
Leise schließt Alex die Tür, nimmt seine Jacke und schleicht auf Zehenspitzen aus der Wohnung.

138.
AUSSEN – STRASSE/VERA/DAVID - NACHT

Alex kommt aus der Tür und bleibt auf der dunklen Straße stehen, ratlos, kopfschüttelnd.

ALEX (murmelnd, zu sich)
Und ich dachte, ich hab schon alles erlebt...

Gleich darauf kommt auch Claudia heraus auf die Straße. Sie stehen fröstelnd beieinander. Claudia streift Alex mit einem schnellen Seitenblick: neugierig, verlangend und sichtlich beeindruckt von seiner überraschenden „Potenz".

Alex zieht seine Handschuhe aus der Manteltasche. Ein Handschuh fällt dabei auf den Boden. Claudia greift schnell danach, zieht ihn an, streckt den Arm von sich, lässt ihre Finger im Handschuh zappeln und lächelt verführerisch.

CLAUDIA
Passt! Müde???

Alex sieht Claudias verführerisches Lächeln. Er strafft sich erstaunt und geschmeichelt.

ALEX
Müde? Wovon?

CLAUDIA
Na, dann komm.

Alex sieht sie fragend an.

CLAUDIA
Mit. Zu mir! Worauf warten wir!

Claudia legt Alex, der kleiner ist als sie, den Arm um die Schulter wie ein Mann. Sie verschwinden in der Dunkelheit.

ALEX (VOICE OVER)
Ich hab's gewusst, übrigens: dass mit uns was läuft! Von Anfang an! So läuft das immer. Mit mir und den Frauen: Zuerst denken sie alle: "Was für 'n arroganter Arsch -" Aber dann...

139.
INNEN - WOHNUNG VERA/KÜCHE – TAG

Vera sammelt das zerbrochene Geschirr der letzten Nacht auf und saugt um die Beine des Affen herum, der jetzt wieder am Küchentisch sitzt. Sie hält inne, starrt den Affen an, schaltet den Staubsauger ab, denkt nach, holt Papier und Stift aus der Schublade, setzt sich hin und schreibt. Dabei schaut sie immer mal wieder hoch in das Affengesicht.

VERA
Wenn schon: dann mach ich mich eben zum Deppen!

Vera schreibt emsig weiter, schaut wieder hoch in das Affengesicht.

VERA
Ich muss die Wahrheit wissen. Verstehst du das nicht? Ich muss einfach!

140.
INNEN - KRANKENHAUS/SPRECHZIMMER – TAG

David zieht einem KLEINKIND das Jäckchen wieder an, tätschelt ihm die Wange, füllt dann am Schreibtisch Formulare aus und gibt sie der jungen MUTTER.

DAVID
So. Das ist für den behandelnden Kinderarzt und hier Ihr Rezept. Wenn noch etwas ist, dann -

Die Mutter hört gar nicht zu, sie schmachtet David unentwegt an und nimmt wie in Trance die Formulare entgegen.

MUTTER
Dann ruf ich Sie an. Oder noch besser: *Sie mich.* Hier: meine Karte.

David nimmt gedankenverloren ihre Karte in die Hand. Die Mutter schwebt wie in Trance aus dem Behandlungszimmer. David schaut das Kind an, das noch immer auf der Liege sitzt, starrt auf die Karte und wieder auf das Kind. Dann springt er zur Tür und reißt sie auf.

141.
INNEN – KRANKENHAUS/FLUR - TAG

Davids Kollegen vom Vortag stehen wieder schwatzend im Flur. Sie sehen die junge Mutter mit verklärtem Blick aus Davids Behandlungszimmer kommen und den Flur entlang schweben. Jetzt tritt David auf den Flur, kopfschüttelnd, wütend.

DAVID (brüllt)
Hallo! Haben Sie nicht was vergessen?

Die junge Mutter kommt zurück, ertappt, verlegen. Sie huscht an David vorbei ins Behandlungszimmer. Sie kommt mit dem von ihr vergessenen Kind auf dem Arm wieder heraus und läuft schnell den Flur entlang.
David brüllt ihr so laut hinterher, dass die Kollegen erschreckt zusammenfahren.

DAVID
Ich bin Arzt! Arzt, verdammt noch mal! Und kein Gigolo!

Schwester Ingrid, in ihrem Stationsbüro, zwinkert David anerkennend zu und hält beide Daumen hoch.

142.
INNEN – HAUSFLUR/VERA/DAVID – TAG

Vera schleicht mit ihrem Brief in der Hand auf Socken die Treppen herunter.

VERA (VOICE OVER)

„Lieber David, war es das jetzt? Mit uns? Ich kann das nicht glauben: Ein Himmel für zwei Tage - und dann schickst du mich in die Hölle!? Einfach so? Ohne ein Wort? Wir waren einander doch so nah! Ich bin traurig und verwirrt: Hab ich was gesagt oder getan, das – David: Bitte rede mit mir! Ich mag dich. Sehr!"

Vera steht jetzt vor Davids Briefkasten, starrt auf den Brief in ihrer Hand, überwindet sich und stopft den Brief in Davids Briefkasten, aus dem schon einige Werbeprospekte hervorquellen. Dann saust Vera wie der Blitz wieder die Treppe hoch.

143.
INNEN - WOHNUNG VERA/KÜCHE - TAG

Vera saugt die restlichen Scherben vom Vorabend auf, hält inne, horcht, schaltet den Staubsauger ab, läuft zur Haustür und guckt durch den Spion: Niemand zu sehen. Vera schaltet den Staubsauger wieder an, hält wieder inne, horcht und saugt weiter.

144.
INNEN - WOHNUNG VERA/BAD – TAG

Vera steht unter der Dusche und seift sich ein. Plötzlich dreht sie das Wasser ab, horcht auf Geräusche, wischt sich die Seife aus dem Gesicht, greift sich ein Handtuch und läuft tropfnass aus dem Bad.

145.
INNEN - HAUSFLUR VERA/DAVID – TAG

David steht im Hausflur, mit hängenden Schultern und deprimiertem Gesicht. Er macht kein Licht, bleibt am Briefkasten stehen, zieht die zuoberst hervorquellende Werbepost heraus, wirft einen flüchtigen Blick darauf und stopft sie achtlos wieder in den Briefkasten zurück. Er schaut finster nach oben und schleppt sich langsam die Treppe hoch, Schritt für Schritt, wie mit einer schweren Last beladen. David nähert sich jetzt Veras Haustür und sieht Licht unter ihrem Türspalt. Sofort fängt er an, fröhlich zu pfeifen und geht federnden Schrittes weiter. Vor seiner Haustür klingelt sein Handy.

DAVID (schreit, aufgekratzt)
Claudia! Hallo! Wie schön!
Klar hab ich Zeit -

146.
INNEN – /CHEFARZT-ZIMMER – TAG

Der Chefarzt, im Ledersessel hinter seinem monumentalen Schreibtisch, starrt verdutzt in den Hörer.

147.
INNEN - WOHNUNG VERA/FLUR - TAG

Vera, die Davids Telefonat mitgehört hat, sieht David

fröhlich pfeifend, das Handy am Ohr, seine Wohnung betreten. Sie klappt den Spion-Deckel runter und lehnt sich stöhnend gegen die Wand.

148.
INNEN - WOHNUNG DAVID/FLUR – TAG

David, mit dem Handy am Ohr, schließt schnell die Wohnungstür hinter sich.

DAVID
Ja...äh..Professor Doktor Neumann! Entschuldigung.
...
Ja. Ich äh -

149.
INNEN – KRANKENHAUS/ARZTZIMMER – TAG

Der Chefarzt lehnt sich kopfschüttelnd im Ledersessel zurück und blättert in Papieren herum.

CHEFARZT
Hören Sie? Also, falls Ihre Weibergeschichten mal eine Sekunde warten können: Ich hab hier was für Sie! Die Kollegen in Berlin suchen händeringend einen jungen, kompetenten Kinderarzt für ihr Team.
Mhm.
Ja.

Wenn Sie mich fragen: Traumjob. Sie müssten aber schnell zugreifen!

150.
INNEN – HAUSFLUR VERA/DAVID – TAG

Vera steht barfuß vor Davids Briefkasten und versucht vergeblich, mit einem Stück gebogenem Draht, an dessen Ende Kaugummi klebt, ihren Brief wieder aus dem Briefschlitz zu ziehen. Dabei flucht sie flüsternd vor sich hin.

VERA
Ich blöde Kuh! Nichts gelernt. In all den Jahren.

Endlich scheint es Vera doch zu gelingen: Der Brief haftet am Kaugummi. Vera hält den Atem an und zieht den Draht in Zeitlupe ganz vorsichtig nach oben, um den Brief durch den Schlitz greifen zu können.
Jetzt geht das Licht im Flur an, eine Tür fällt ins Schloss, Schritte hallen.Vera schreckt zusammen und lässt den Draht los, der prompt *in* den Briefkasten fällt.
Vera versteckt sich rasch im Kellereingang und guckt durch den Türspalt.
David kommt die Treppe herunter.
Vor den Briefkästen bleibt David stehen und kramt nach seinem Schlüsselbund. Vera beobachtet ihn von ihrem Versteck im Kellereingang, wo sie an die Wand gepresst steht und kaum zu atmen wagt.
Sie starrt auf Davids Hand mit dem Schlüsselbund und schließt schicksalsergeben die Augen.

Jetzt kommen Richard und Mario mit dem Kinderwagen zur Haustür herein. David lässt den Briefkasten sein, um ihnen die Haustür aufzuhalten. Sie nehmen das Baby heraus und stellen den Kinderwagen unter den Briefkästen ab. Mario streift David mit verstohlenen, begehrlichen Blicken, die Richard dennoch bemerkt.

MARIO
Hoffentlich stört dich der Kinderwagen nicht -

DAVID
Ach was: kein bisschen.
(zu dem Kind) Du bist ja ein Süßer!

David streichelt dem Baby die Wange. Mario lächelt, Richard guckt verstimmt.

DAVID
Ach übrigens: ich bin Kinderarzt. Also wenn mal was ist: einfach klingeln.

Mario himmelt David an. Richard beobachtet die beiden argwöhnisch und zieht Mario Richtung Treppe.
Vera lauscht mit angehaltenem Atem in ihrer Keller-Nische und verdreht dazu die Augen. Richard und Mario gehen die Treppe hoch. David geht zur Haustür heraus. Vera atmet erleichtert durch.

151.
INNEN - HAUSFLUR/VERA/DAVID – NACHT

Vera steht jetzt wieder vor Davids Briefkasten, diesmal mit einem Schraubenzieher, den sie als Brecheisen benutzt. Sie schlägt mit einem Hammer auf den Schraubenziehergriff und versucht in aller Eile, den Briefkasten aufzubrechen.
Am Boden steht ein großer Werkzeugkasten. Sie wühlt darin herum, holt einen noch größeren Schraubenzieher heraus, setzt ihn an und schlägt mit dem Hammer darauf.
Sie gerät in einen regelrechten „Briefkasten-Aufbrech-Rausch", klopft und schlägt immer verbissener und lauter. Dazu stößt sie mit jedem Hammer-Schlag gemurmelte Flüche aus.

VERA
Die Wahrheit! Die kann mich mal: Die Wahrheit. Die will ich gar nicht wissen. Wiederlieben soll er mich.
"Ach, Vera: Du liebst mich? Ich hatte ja keine Ahnung! Aber wenn das so ist. Na gut: Ich lieb dich auch!"
Ha, ha. Schön wär's.

Plötzlich steht die alte Hausmeisterin in Kittelschürze und mit Putzeimer hinter Vera und tippt ihr von hinten auf die Schulter.
Vera fährt zu Tode erschrocken herum. Der Hammer fällt ihr auf den Fuß. Sie schreit vor Schmerz auf.

HAUSMEISTERIN
Sind Sie übergeschnappt? Sie machen ja den ganzen Briefkasten kaputt. Ich hab doch Ersatzschlüssel.

Vera seufzt ertappt. Die Hausmeisterin stellt den Putzeimer ab und holt ein gewaltiges Schlüsselbund mit nummerierten Schlüsseln aus der Schürzentasche. Sie sucht und stutzt jetzt:

HAUSMEISTERIN
Moment. Das ist ja gar nicht Ihr Briefkasten! Was haben Sie denn da zu schaffen?

VERA
Huch. Ach, na, so was Blödes, jetzt. Hab ich doch glatt den falschen Briefkasten –

Die Hausmeisterin fixiert sie unerbittlich. Vera seufzt.

VERA
Also gut. Mein Gott, ich – Hören Sie: ich äh. Himmel: Haben Sie niemals in Ihrem Leben einen Brief geschrieben. Und dann begriffen, dass Sie diesen Brief lieber nicht abschicken sollten. Weil er dumm und kindisch ist und –

Die Hausmeisterin fixiert sie ungerührt.

VERA
Bitte! Ich muss meinen Brief zurückhaben. Ich muss einfach.

Die Hausmeisterin schweigt. Vera starrt auf ihre runzeligen Lippen.

VERA
Ich mach auch jede Woche die Treppe. Von heute an. Ich schwör's.

HAUSMEISTERIN
Aber gründlich. Und ohne runde Ecken.

Vera nickt ergeben.

HAUSMEISTERIN
Und auch zwischen den Geländerstäben, wo sich immer der ganze Staub sammelt.

Vera nickt. Endlich schließt die Hausmeisterin den Briefkasten auf und holt Veras Brief heraus. Sie dreht den Brief herum.

HAUSMEISTERIN
Moment: da ist ja kein Absender drauf. Woher weiß ich denn, dass der von Ihnen ist?

Vera stöhnt auf, reißt der Hausmeisterin den Brief aus der Hand, öffnet ihn und zeigt auf das „Vera" am Ende des Briefes.

VERA
Da, bitte!

Die Hausmeisterin reißt ihr blitzschnell den Brief aus der Hand, dreht sich zur Seite und überfliegt ihn murmelnd.

VERA
Das wird ja hier zum Alptraum –

HAUSMEISTERIN (liest murmelnd, amüsiert)
„Lieber David, war es das jetzt? Mit uns? Ich kann das nicht glauben: Ein Pimmel für zwei Tage - und dann schickst du mich in die Hölle?

Die Hausmeisterin stutzt und liest nochmal, kopfschüttelnd, perplex.

HAUSMEISTERIN
...ein Pimmel für zwei Tage? Gott: wie ordinär!

Vera reißt ihr wütend den Brief aus der Hand und schlägt auf das Papier.

VERA
Himmel!!! Himmel!!! Steht doch da ganz deutlich!

Jetzt kommt Richard mit Mülltüten die Treppe herunter.

Die Hausmeisterin reißt Vera den Brief wieder aus der Hand und packt Richard am Arm.

HAUSMEISTERIN
Du: Richard, guck doch mal hier: Was liest du da?

Richard nimmt der Hausmeisterin die Brille von der Nase, setzt sie sich selber auf und liest.

RICHARD (liest murmelnd)
"Lieber David, war es das jetzt? Mit uns -? Ein Pimmel für zwei Tage und dann schickst du mich in die Hölle - "

Richard schaut auf den Brief und bläst beeindruckt die Backen auf. Vera reißt ihm den Brief aus der Hand und schlägt wieder aufs Papier.

VERA
Himmel, mein Gott. *Haaa*! Steht doch da!

5. MASKEN

152.
INNEN - BAR HERZDREI – NACHT

Die Bar ist gerammelt voll. Mitten im Trubel eine Gruppe JUNGER FRAUEN, die Junggesellinnen-Abschied feiern: allesamt angetrunken und mit Tier-Masken vor den Gesichtern.
Einige von ihnen drängen sich gemeinsam um das Mikro und singen: "Going to the chapel" für die zukünftige BRAUT, die eine Katzen-Maske vor dem Gesicht und einen kleinen, weißen Schleier auf dem Haar trägt.
Die anderen jungen Frauen kämpfen sich mit der Braut durchs Gedränge und umzingeln jeweils einen MÄNNLICHEN GAST, den die Braut dann küssen muss. Dann ziehen sie weiter und umzingeln den nächsten GAST.
David, mitten in dem fröhlichen und wogenden Gedränge, hockt als Einziger regungslos und deprimiert am Tresen und schaut stur in sein Glas. Moni zapft Bier hinterm Tresen und mustert David nebenbei mit schadenfrohen Blicken.
Eine der Junggesellinnen drängt sich jetzt zum Tresen, bestellt Getränke und entdeckt David. Sie pfeift anerkennend durch die Zähne und winkt die anderen Frauen heran.

JUNGE FRAU I.
Wow! Mädels: Wie konnten wir *den hier* übersehen...!

Die jungen Frauen mit den Masken scharen sich um David, ziehen ihn gemeinsam vom Barhocker und schieben ihn durchs Gedränge zur Braut.

JUNGE FRAU II.
Also: Das hier ist Katja. Katja heiratet nämlich übermorgen. Aber vorher muss sie noch ganz viele fremde Männer küssen!

Moni beobachtet vom Tresen aus, wie die Braut ihre Katzen-Maske nach oben schiebt. Jetzt sieht man ihr sehr junges, hübsches Gesicht. Sie stürzt sich auf David und küsst ihn flüchtig auf den Mund. Die anderen Frauen lachen und applaudieren.
David will sich aus dem Frauen-Grüppchen lösen, wird aber von den lachenden Frauen umzingelt, festgehalten und beschwatzt.
Moni wendet den Blick jetzt ab und kümmert sich um ihre Gäste.

153.
INNEN - WOHNUNG VERA/BAD - NACHT

Vera, jetzt wieder sehr sexy aufgetakelt und stark geschminkt, zupft an ihren Haaren herum und spricht gleichzeitig wütend ins Handy.

VERA
Ich schreib ihm Liebesbriefe! Und er amüsiert sich mit dieser Claudia!

Vera stöhnt plötzlich laut auf, schlägt sich an die Stirn und schreit wieder ins Handy.

VERA
Mein Gott, Mia: Was ist, wenn David und Claudia gestern Sex auf dem Küchentisch hatten? Und nicht im Bett!
...Eben *nicht* egal!
...Mein Gott, bist du langsam heute!
Denk doch mal nach: Wenn die beiden in der Küche waren, dann haben die mich doch gar nicht gehört. Und dann war mein ganzes Gestöhne gestern Nacht im Schlafzimmer total umsonst.
Verdammt: wie kann ich David bloß beweisen, dass ich Sex hatte? Obwohl gar nichts war -

154.
INNEN – REIHENHAUS MIA/KÜCHE – NACHT

Mia hockt vor dem offenen Bullauge und zieht gerade mit der freien Hand nasse Wäsche aus der Waschmaschine. Sie seufzt: Ein rotes Teil ist in die weiße Wäsche geraten. Alles ist rosa verfärbt.
Mia nimmt kurz das Handy vom Ohr, weil Vera so laut schreit.

MIA
Vera, ich schwöre dir: wenn mich das heute *noch* jemand fragt, dann -
He! Was heißt hier: ich nehme deine Single-Sorgen nicht ernst?!
Du spinnst wohl!
Mhm...Ja,ja.
He: wie wäre es mit 'nem Knutschfleck?
...
Vera?
Vera, Moment: was heißt hier genial?!
Das war doch bloß ein Witz -

155.
AUSSEN - STRASSE VOR HAUS/VERA – NACHT

Vera kommt aus der Haustür, im offenen Mantel, darunter trägt sie ein tief ausgeschnittenes Kleid.
Sie stöckelt auf ihren hohen Pumps die Straße herunter, vorbei an den Punks, die wieder auf einer Bank lagern, laute Musik aus dem CD-Player hören, Dosenbier trinken und mit ihren Hunden herumschreien.
Einer der Punks pfeift durch die Zähne, als Vera näher kommt. Ein anderer springt ihr vor die Nase, versperrt ihr den Weg und hält ihr eine Dose hin: Sie soll Kleingeld spenden.
Vera drängt ihn unwirsch beiseite und stöckelt mit laut klackenden Absätzen weiter.
Vera bleibt plötzlich stehen und kehrt um. Sie winkt den Punk mit der Dose zu sich heran. Er begreift nicht sofort, löst sich aber langsam aus seinem Grüppchen. Die ande-

ren Männer machen Witze und klopfen ihm, dem von Vera „Auserwählten", anerkennend auf die Schulter.
Vera winkt ihn mit sich. Der Punk folgt ihr in eine dunkle Ecke an einer Hof-Einfahrt.
Dort holt sie aus ihrer Brieftasche einen Geldschein und hält ihn dem Punk unter die Nase. Sie flüstert ihm etwas ins Ohr.

PUNK
Dafür mach ich dir sogar ein Kind.

Vera winkt unwirsch ab. Der Punk grinst neugierig. Sie zieht ihn weiter in die Toreinfahrt. Er umarmt sie sofort und will sie küssen. Dabei berührt er ihre Brust.
Vera schubst ihn weg und will gehen. Der junge Mann hält sie am Arm fest.

PUNK
Okay. Okay. Ich bin ganz brav jetzt.

Vera stöhnt auf. Schließlich nickt sie, wickelt sich aus dem langen Schal und hält dem Punk ihren nackten Hals hin. Der Punk drückt seinen Kopf in ihre Halskuhle.
Vera dreht den Kopf angewidert beiseite.
Dann stößt sie ihn abrupt weg. Sie holt aus der Handtasche einen Taschenspiegel. Der Punk holt ein Feuerzeug heraus und leuchtet ihren Hals an.

PUNK
Nicht schlecht, oder? Und der dunkelt ja noch nach.

Vera nickt, gibt ihm den Geldschein und stöckelt weiter.
Der Punk wird mit seinem Geldschein von seiner Gruppe mit Johlen und Pfeifen empfangen. Er wedelt triumphierend damit in der Luft herum. Der Geldschein wird ihm sofort entrissen und wandert weiter von einer Hand zur anderen.

156.
INNEN - BAR HERZDREI – NACHT

David steht noch immer im Gewühl und wird von den Junggesellinnen umzingelt. Die Braut holt jetzt eine "Rentier"-Maske aus der Tasche und will sie David überstülpen. David winkt ab: Er will nur weg von dem angetrunkenen Frauengrüppchen.
Jetzt entdeckt er Vera, die gerade zur Tür hereinkommt.
David stülpt sich nun doch blitzschnell die Maske über.
Es ist eine Ganzkopf-Maske, die Davids Gesicht komplett bis über den Hals und Hinterkopf bedeckt, so dass David perfekt maskiert und nicht mehr als David zu erkennen ist.
Die Frauen drehen ihn um sich selber und albern mit ihm herum. David reißt sich jetzt von den Frauen los und drängt sich eilig durchs Gewühl zum Herren-Klo.
Vera hat David noch nicht gesehen. Sie setzt sich an den Tresen und sieht sich suchend um.

MONI
Tja: David ist gerade weg.

Vera seufzt und wickelt sich aus ihrem Schal. Moni sieht jetzt ihren Knutschfleck und staunt.

VERA
Mist. Dafür hab ich 20 Euro bezahlt.

MONI
Ach: Die kosten jetzt was?

Vera winkt ab, wickelt sich den Schal wieder um, so dass man den Knutschfleck nicht mehr sieht und schaut sich in der Bar nach attraktiven Männern um.

VERA
Ach, zum Teufel. Mit David bin ich sowieso fertig. Aber mit den Männern noch lange nicht. Heute will ich Spaß. Und mit dem da fang ich an.

Moni sieht skeptisch herüber zu einem JUNGEN MANN MIT PUDELMÜTZE, der Vera schon die ganze Zeit fixiert. Vera hebt ihr Glas und prostet ihm zu.

157.
INNEN - BAR HERZDREI/HERRENKLO - NACHT

David hat die Hände aufs Waschbecken gestützt und betrachtet sein groteskes Spiegelbild mit den großen, treu-

herzigen Rentier-Kulleraugen und den Hörnern am Hinterkopf.
Zwei junge ST.PAULI-FANS mit entsprechenden Mützen und Schals kommen jetzt herein, sehen David und grinsen.Einer stellt sich ans Urinal, der andere verschwindet in der Kabine.
David betrachtet sich weiter im Spiegel.
Jetzt kommt der St.Pauli-Fan vom Urinal ans Waschbecken. David mustert ihn verstohlen von der Seite: Er trägt eine billige, abgenutzte Winterjacke und einen langen St.-Pauli-Fan-Schal. David holt einen Schein aus seiner Brieftasche und tippt ihm auf die Schulter.

DAVID
Du: krieg ich deine Jacke?

Der junge Mann betrachtet den Schein und staunt. Er zögert noch.

ST.PAULI-FAN I.
Weiß nicht. Arschkalt draußen.

David zieht seine Lederjacke aus.

DAVID
Na, dann tauschen wir eben.

Der junge Mann sieht Davids teure Lederjacke, nickt sofort und zieht jetzt schnell seine Jacke aus.

Jetzt kommt der andere junge Mann aus der Kabine und sieht neugierig zu, wie David und sein Kumpel die Jacken tauschen.
Der junge Mann betrachtet sich zufrieden im Spiegel: Davids coole, teure Lederjacke passt ihm perfekt.
David betrachtet sich ebenfalls zufrieden im Spiegel in der schäbigen Winterjacke.

DAVID
Jetzt noch deinen Schal!

Der junge Mann zögert und streichelt zärtlich seinen St.-Pauli-Fan-Schal. David seufzt und drückt ihm noch mehrere Scheine in die Hand. Jetzt tauschen beide auch ihre Schals. David verschwindet.
Der junge Mann starrt ungläubig auf das Geld in seiner Hand.

ST.PAULI-FAN I.
Mann: Wie geil ist *das* denn?!

Sein Kumpel schnauft verächtlich und schiebt ihn zur Tür.

ST.PAULI-FAN II:
Alter! Du bist so bescheuert: Das Dreifache hättest du haben können! Locker! Der Typ war so was von in der Klemme!
Der junge Mann schaut jetzt frustriert auf die Scheine in seiner Hand und folgt seinem Kumpel.

158.
INNEN - BAR HERZDREI – NACHT

David, immer noch mit Rentier-Maske, jetzt zusätzlich mit der schäbigen Winterjacke und mit St.Pauli-Fanschal getarnt, drängt sich durch zum Tresen, setzt sich direkt neben Vera und winkt Moni heran.

DAVID (gedämpft, durch die Maske)
Ein Bier. Und 'nen Strohhalm!

Moni schmunzelt und stellt David sein Bier hin. David steckt den Strohhalm in die kleine Mundöffnung und nuckelt an seinem Bier, stößt dann einen tiefen Seufzer aus. Vera dreht sich zu ihm und lächelt.

VERA
Du Armer! Hat man dir Hörner aufgesetzt?

David nickt und seufzt wieder tief. Dabei legt er seinen Rentier-Kopf Trost suchend auf Veras Schulter. Vera lacht, tätschelt ihn gutmütig, streichelt ihm über seine Rentier-Hörner, schiebt ihn dann von sich und stößt mit ihm an.

VERA
Mir auch....Prost!

DAVID
Dir? Dir doch nicht! Niemals...!

Vera lächelt und zuckt die Achseln. Sie dreht sich immer wieder um zu dem Mann mit Pudelmütze und lächelt ihm zu. David lässt Vera nicht aus den Augen. Er rückt im Lärm und Gedränge noch näher an sie heran.

DAVID
Ach, komm schon: Du machst doch mit den Männern, was du willst, stimmt's?

Vera lässt sich von Moni nachschenken und prostet ihm zu.

VERA
Genau. Von heute an.

DAVID
Nee, nee. Ich hab dich schon öfter hier gesehen. Vorgestern zum Beispiel, da warst du hier. Mit einem Mann. Hast Händchen gehalten. Da hinten in der Ecke. Sehr verliebt: ihr beide. Netter Typ übrigens.

Moni grinst. Vera verschluckt sich an ihrem Drink und hustet. David lässt nicht ab, tippt ihr auf die Schulter. Vera wendet sich wieder zu David um.

DAVID
Wahrscheinlich *zu nett*! Stimmt's?

Vera nickt und tauscht ironische Blicke mit Moni.

DAVID
Klar: ich weiß doch, wie das läuft. Frauen: Ihr wollt alle den Tiger zähmen.

VERA
Hä?

DAVID
Mhm. *Alle!*
Heiraten wollt ihr. Kinder kriegen. Aber nur mit den Männern, die ihr *nicht kriegen* könnt! Die anderen sind euch nämlich zu *langweilig*.

Vera lächelt kopfschüttelnd und tätschelt mitfühlend seinen Rentier-Kopf.

VERA
O Mann: du bist ja *richtig* fertig mit den Frauen!

DAVID (unbeirrt)
Und wieso dann gestern plötzlich dieser arrogante Zwerg?

Wieso ziehst du auf einmal mit *dem* los?
Da fragt man sich doch: Was ist da passiert? Was *hat der* -

VERA
Weil du nur die Fassade siehst. Aber nicht dahinter guckst.

Vera nimmt ihr Glas, lässt David stehen und stürzt sich ins Getümmel.

159.
INNEN - BAR HERZDREI – NACHT

Moni stützt die Arme auf den Tresen und guckt amüsiert zu Vera herüber, die weiter hinten bei dem Mann mit der Pudelmütze auf dem Schoß sitzt und "Girls just wanna have fun" singt.
Gleichzeitig flirtet Vera auch noch mit dem jungen St.-Pauli-Fan, der Davids Jacke und Schal trägt.
David hockt noch immer deprimiert am Tresen, bestellt bei Moni noch einen Drink und lässt Vera nicht aus den Augen.

160.
INNEN - BAR HERZDREI – NACHT

Die Bar ist immer noch brechend voll. David, jetzt ohne Jacke, aber noch immer mit Rentier-Maske, hockt am Tresen und singt: "Und alles nur, weil ich dich liebe" von den „Toten Hosen" ins Mikro.

David lässt Vera beim Singen nicht aus den Augen.
Vera hängt angetrunken an dem jungen Mann mit der Pudelmütze und dreht sich schlafwandlerisch mit ihm im Kreis. Sie macht sich los und hängt sich jetzt an den St.-Pauli-Fan mit Davids Jacke. Sie dreht sich mit ihm im Kreis, während der Mann mit der Pudelmütze zuschauen muss.
David legt das Mikro weg und drängt sich durchs Gewühl an Vera heran.
Vera hängt sich jetzt wieder an den Mann mit der Pudelmütze, seufzt angetrunken, kichert und schaut von einem zum anderen.

VERA (zum Pudelmützenmann)
Mhm. Du bist süß!

Vera dreht sich zu dem St.Pauli-Fan mit Davids Jacke.

VERA
Und du: du bist auch süß! … Ihr seid beide süß.

Vera umschlingt jetzt wieder den St.Pauli-Fan mit Davids Jacke und seufzt.

VERA
Aber du: Du riechst besser.

David drängt sich zwischen Vera und den St.Pauli-Fan und brüllt los:

DAVID
Weil es *meine* Jacke ist!

Der Mann mit Davids Jacke stößt David zurück.

ST.PAULI-FAN I.
Jetzt aber nicht mehr. Jetzt ist es meine!

David zieht Vera an sich heran und tanzt mit ihr durchs Gedränge von den beiden Männern weg. Vera lehnt ihren Kopf an sein T-Shirt.

VERA
Und du? Du riechst himmlisch.

David presst Vera an sich, wiegt sie hin und her und seufzt.

DAVID
Ach: Vera! Vera! So ein schöner Name!

Vera nickt und kichert angetrunken.

VERA
Mhm. In Vera Veritas.

David reißt sich jetzt die Rentier-Maske vom Kopf.

DAVID
Und dabei nichts als *Lügen!*

Vera taumelt erschreckt zurück.

VERA
David! Was soll das -

Vera will gehen. David packt Vera und dreht sie an den Schultern zu sich herum.

DAVID
Warum tust du das? Warum machst du hier alle Männer an?

Der Mann mit der Pudelmütze drängt sich dazwischen und boxt David beiseite.

MANN MIT PUDELMÜTZE
He: du bist hier wohl der Platzhirsch!

Der St.Pauli-Fan drängt sich wieder dazwischen und stößt den Mann mit der Pudelmütze zurück.

ST.PAULI-FAN I.
Halt du dich raus. Ich war zuerst da.

Die beiden Männer stoßen einander an den Schultern durch den Raum und streiten weiter hinten in der Bar weiter. Vera und David beachten sie nicht. David packt Vera wieder an den Schultern.

DAVID
Warum tust du das? Die Typen sind dir doch völlig egal!

Vera kämpft sich zum Tresen durch, greift Tasche und Mantel und will verschwinden. David folgt ihr und hält sie fest.

DAVID
Das mit uns! Das war was Besonderes!

Vera schüttelt ihn ab.

DAVID
Und du weißt das.

Vera drängt sich durchs Gewühl, David folgt ihr.

DAVID
Du weißt das und machst alles kaputt -

Vera bleibt abrupt stehen und starrt David wütend an.

VERA
Ich?
Du!
Wer ist denn zuerst abgehauen? Mit Claudia -

DAVID (unbeirrt)
Unser Bett ist noch warm, da hast du schon den Nächsten. Ich hab euch doch gesehen! Am Küchenfenster. Du auf seinem Schoß. Du stehst plötzlich vor mir. Mit diesem - diesem Alex. Diesem Zwerg. Ich kann euch hören! Durch die Wand!

Vera starrt David lange an, packt ihn plötzlich am Arm und zieht ihn energisch mit sich zur Tür.

161.
AUSSEN - STRASSE/ BAR HERZDREI - NACHT

Vera zerrt David am Arm hinter sich her durch die nächtliche Straße zu ihrem Wohnhaus gegenüber.

DAVID
Was soll das?

VERA
Halt einfach die Klappe und komm mit.

162.
INNEN - WOHNUNG VERA/KÜCHE - NACHT

Vera zieht David wortlos mit sich durch den Flur und reißt die Küchentür auf: David sieht jetzt den menschengroßen Plüsch-Affen in Männerkleidung am Küchentisch sitzen.

163.
INNEN - WOHNUNG VERA - NACHT

Vera stößt David voran in ihr Schlafzimmer. Dann wirft sie sich aufs Bett, mit den Füßen aufs Kopfkisssen. Sie stöhnt laut und tritt gegen das Bettgestell, so dass es im gleichen Rhythmus gegen die Wand kracht, wie in der Nacht zuvor.
David steht vor dem Bett und schaut Vera an: verwirrt, erleichtert und schließlich liebevoll.
David lacht los, sieht sich im Zimmer um und öffnet den Kleiderschrank.

DAVID
Und der Zwerg? Wo hast du den - ? Steckt der hier noch irgendwo?

Vera springt wütend vom Bett auf und stürmt an ihm vorbei aus dem Zimmer.

VERA
Das ist nicht komisch. Jämmerlich ist das.

164.
AUSSEN - STRASSE VOR HERZDREI – NACHT

Beide laufen jetzt im Stechschritt die nächtliche Straße entlang. Vera rennt voraus und David folgt ihr.

DAVID
Vera! Wo willst du denn jetzt hin?

VERA
Zurück ins „Herzdrei". Mich betrinken. Aber richtig.

DAVID
Warte doch! Na gut: ich hab mich wie ein Idiot benommen. Es tut mir doch leid! Aber ist jetzt deshalb alles aus?

Vera läuft im Stechschritt weiter. David hält sie fest und versucht sie zu umarmen.

DAVID
Ach komm schon. Vera!

Vera stößt ihn wieder weg und läuft weiter. David hinterher. Vera bleibt abrupt stehen und dreht sich zu David um. Sie weint jetzt.

VERA
Ich hab genug! Verstehst du das nicht? Genug! Ich will keine Spielchen mehr. Ich will nicht mehr verletzt werden. Ich will nicht mehr verlassen werden.

Vera läuft weinend weiter. Vor einem Schaufenster mit einer altmodischen, bunt beleuchteten Weihnachtskrippe holt David sie wieder ein und hält sie fest.

VERA
Ich will jetzt endlich den *einen*, der bleibt!

David versucht, Vera zu umarmen. Sie stößt ihn wieder weg.

VERA
Der *bleibt* und *bleibt* und *bleibt*!
Und ich will Kinder und - und - stinknormales Glück eben. Auch wenn andere das spießig finden.

David breitet einladend die Arme aus.

DAVID
He: Hier bin ich. Der geborene Spießer! Ich will genau das Gleiche wie du! Von mir aus kannst du uns Gartenzwerge vor die Tür stellen!

VERA
Du? Du bist ein sexsüchtiger Freak, der aus Kisten lebt. Depressiv, einsam -

DAVID
Du bist genauso einsam wie ich!

VERA
Das ist kein Grund.

DAVID
Doch. Was glaubst du, was da sonst noch kommt? Nichts. Wir *sind* allein. Alle! Keiner, der uns rettet. Da *oben* ist niemand!

Oben im Wohnhaus wird geräuschvoll ein Fenster geöffnet.

ANWOHNER (von oben)
Doch ich! Und ich will schlafen!

David zieht Vera an sich. Sie stehen jetzt eng umschlungen.

DAVID
Uns zu lieben, das ist doch - das ist die einzige Chance, *überhaupt* ein bisschen glücklich zu sein!

Vera macht sich wieder los, packt ihn an den Schultern und schüttelt ihn.

VERA
Verstehst du nicht? Ich kann nicht. Ich möchte ja, aber ich kann das nicht mehr: Einfach so drauflos lieben! Jetzt lass mich!

Vera lässt David stehen und verschwindet in der Dunkelheit.

6. KUSCHELTIERE

165.
INNEN – WOHNZIMMER/DAVID - TAG

David saugt die Daunenfedern von der Nacht zuvor auf. Zwischen den Daunen findet er einzelne Fotoschnipsel von Vera. Er schaltet den Staubsauger ab und kriecht auf dem Boden herum auf der Suche nach weiteren Fotoschnipseln. Mühsam legt er die Fotoschnipsel von Vera wie ein Puzzle zusammen.

166.
INNEN - VERAS LADEN – TAG

Vera steht in ihrem Laden am Tresen. Sie hustet und schnieft und trägt einen dicken Schal um den Hals. Aus der Ladentür treten gerade Kunden nach draußen, VATER, MUTTER und zwei kleine KINDER. Die Eltern tragen die Geschenke in Tüten. Die Kinder hüpfen glücklich neben ihnen her. Vera sieht der Familie traurig hinterher.

167.
AUSSEN - STRASSE VOR VERAS LADEN – NACHT

Vera schließt die Ladentür ab und geht. Von außen sieht man jetzt ein Schild "*Wegen Krankheit vorübergehend geschlossen*".

168.
INNEN - SUPERMARKT - TAG

Weihnachtsmusik dudelt durch den Supermarkt. Vera macht Hamsterkäufe: Sie schiebt mühsam den voll beladenen Einkaufswagen durch die Gänge, dessen quietschende Räder sich beim Schieben immer wieder querstellen. Sie hustet und schnieft.

169.
INNEN - ANALYTIKER-PRAXIS – TAG

Der gleiche Stuhlkreis, die gleiche Therapie-Gruppe. David sitzt wie ein Häuflein Elend auf seinem Stuhl und murmelt mit monotoner Stimme vor sich hin, seufzt und macht lange Pausen beim Sprechen.

DAVID
Das konnte ja nur schiefgehen! Ich *wusste* es! Ich *hab's* gewusst! Von Anfang an: Dass sie mich in die Wüste schickt!

Die Patientinnen gucken David allesamt mitfühlend an. Nur Jakob rutscht ungeduldig auf seinem Stuhl herum und verdreht die Augen. Plötzlich brüllt Jakob los:

JAKOB
Jetzt reicht es, Alter! Jetzt reiß dich mal zusammen!

Alle schrecken zusammen. Die Analytikerin setzt sich kerzengerade auf. David sieht Jakob erstaunt an.

JAKOB
Ist doch wahr! Eine Frau hat dich abblitzen lassen. Kann jedem passieren. Aber *dir* natürlich nicht. Du bist ja hier der Prinz.

Die Frauen in der Runde strafen Jakob mit bösen Blicken.

JAKOB
Wieso? Stimmt doch. Jetzt hör mal auf zu jammern.
Rede mit ihr!
Also ich hatte ein *gutes* Gefühl...
  Bei Vera...
    Ein *richtig* gutes Gefühl...
Vielleicht braucht sie nur Zeit!

170.
INNEN - WOHNUNG VERA /FLUR – TAG

Vera stellt die Einkaufstüten ab, sieht am Boden einen Zettel, hebt ihn auf und liest.

VERA (VOICE OVER)
"Vera! Ich liebe Dich! Ich weiß, ich hab es vermasselt. Aber ich liebe Dich! David"

Vera stopft den Zettel in ihre Manteltasche.

171.
INNEN - SCHLAFZIMMER/VERA - NACHT

Vera liegt im Dunkeln im Bett, hustet laut und wälzt sich unruhig herum.

172.
INNEN – SCHLAFZIMMER/DAVID – NACHT

David liegt im Bett, die Arme unterm Nacken verschränkt.
Er starrt in die Dunkelheit. Durch die Wand hört er Vera husten.

173.
INNEN - HAUSFLUR/VERA/DAVID – TAG

David steht vor Veras Wohnungstür, klingelt und klopft.

DAVID

Vera? Vera! Ich weiß doch, dass du da bist. Ich könnte einkaufen für dich. Dir 'ne Suppe kochen.

Durch den Lichtstrahl von innen in Veras Flur sieht David den Schatten ihrer Füße.

DAVID
Hallohoh: Ich sehe deine Füße.

Vera, im Bademantel und mit Schal, öffnet die Tür.

DAVID
Vera, bitte: Ich möchte so gern was für dich tun!

VERA
Dann lass mich einfach! Bitte!

Vera macht schnell die Wohnungstür wieder zu.

174.
INNEN - KRANKENHAUS/FLUR – TAG

Schwester Ingrid sitzt hinterm Schreibtisch im Stationsbüro. Auf ihrem Schreibtisch ein Adventskalender mit vier brennenden Kerzen. Der Kalender dahinter zeigt den **23. Dezember 2007** an.

Ingrid stopft Weihnachtsgebäck in sich hinein und lässt wieder den Plastik-Weihnachtsmann die Tischkante entlang tuckern.

David kommt zusammen mit dem Chefarzt den Gang entlang. Vor dem Stationsbüro klopft er David derb auf die Schulter.

CHEFARZT
Dann also alles Gute für Sie! Grüßen Sie mir die Kollegen in Berlin! Oder sollte ich sagen: die *Kolleginnen*?! Ha, ha.

Ingrid lässt den Weihnachtsmann abstürzen. Er liegt mit schnurrenden Füßchen auf dem Boden. David kommt zu Ingrid, hebt den Weihnachtsmann auf, stellt ihn wieder auf den Schreibtisch.

INGRID
Du gehst weg?!

David nickt. David und Ingrid umarmen sich lange.

DAVID
Danke für alles! Und frohe Weihnachten!

175.
INNEN - WOHNZIMMER/DAVID – TAG

David schaut sich nachdenklich im leeren Zimmer um.

Er legt jetzt das zusammengeklebte Foto von Vera, die Spieluhr und die blaue Kugel zuoberst in seine offene Reisetasche.
Jetzt hört er Schritte im Hausflur. Er läuft in den Flur zum Spion: Es ist nur die alte Hausmeisterin, die die Treppe hoch geht.
David geht ins Wohnzimmer zurück, trägt jetzt seine Reisetasche in den Hausflur und schließt die Wohnungstür hinter sich zu.
Auf der Fensterbank sitzt noch der „Arzt-Teddy", den Vera ihm geschenkt hat. David hat vergessen, ihn in die Tasche zu packen.

176.
INNEN - HAUSFLUR/VERA/DAVID - TAG

David stellt die Reisetasche auf die gepackten Umzugskisten vor seiner Wohnungstür. Er geht zu Veras Wohnungstür, will klingeln, zögert, wendet sich ab und trägt seine Umzugskisten die Treppe herunter.

177.
INNEN – SCHLAFZIMMER/VERA – TAG

Vera liegt im Bett. Auf dem Nachttisch türmen sich die Medikamente, auf der Bettdecke die zerknüllten Tempotücher. Vera guckt fern und schluchzt dabei hingebungsvoll: Im Fernsehen läuft gerade die Komödie „Harry und Sally". Es ist die Szene, in der Sally sich an Harrys Schulter ausheult, weil sie Angst hat, als kinderloser Single zu enden. Harry tröstet Sally liebevoll.

Vera schaut in den Fernseher und schluchzt leidenschaftlich mit Sally im Chor.

178.
INNEN - WOHNUNG VERA/SCHLAFZIMMER - TAG

Vera liegt noch immer im Bett, noch immer sehr verheult, jetzt aber mit dem Handy am Ohr.

VERA (empört, nasal)
Stur? Ich? Wie meinst du das?

179.
INNEN – REIHENHAUS/MIA/KÜCHE – TAG

Mia öffnet gerade mit der freien Hand den Backofen. Sie betrachtet die angebrannte Ente darin und stöhnt auf.

MIA
Nein! Aber – Herrgott: Es tut ihm doch leid!
...
Ja, ja.
Aber er will dich doch! Und du ihn!

Durch die offene Tür sieht man im Wohnzimmer den bereits geschmückten Weihnachtsbaum. Mias Töchter streiten wieder lautstark und toben um den Baum herum, wäh-

rend Mias Ehemann seelenruhig mit dem Laptop vor der Nase auf dem Teppich liegt.
Mia, mit dem Handy am Ohr, stochert in dem Entenbraten herum und schiebt nebenbei mit dem Fuß den um sie herum winselnden Hund aus der Küche. Gleichzeitig nickt sie mehrmals, hört zu, seufzt und begießt mit der freien Hand die Ente.
Der Lärm aus dem Wohnzimmer wird immer lauter. Mia geht zur Tür, will sie schließen, wirft dabei einen Blick durch die Tür ins Wohnzimmer und sieht jetzt den Weihnachtsbaum krachend zu Boden gehen.

MIA
Du Vera: das ist jetzt gerade *ganz* schlecht!

Mia läuft mit dem Handy am Ohr ins Wohnzimmer, wo sie von ihren Töchtern und dem Ehemann zunächst nicht bemerkt wird. Mia holt jetzt tief Luft und explodiert.

MIA (brüllt ins Handy)
Vera! Nein! *Du* hörst jetzt zu!
Ja! Ich *bin* glücklich! Verdammt glücklich!
Und *warum* bin ich glücklich???

Mia reißt ihren erschreckten Töchtern blitzschnell das umkämpfte Spielzeug aus der Hand.

MIA
Weil ich zwei wunderbare Kinder hab!

Mia bückt sich nebenbei und zieht ihrem erstaunten Ehemann blitzschnell den Stecker aus dem Laptop.

MIA
Und einen Mann, der mich liebt!
Und *warum hab* ich das alles? Weil ich *gekämpft* hab für mein Glück!
...
Ach Blödsinn: Vom Weglaufen ist noch keine Frau schwanger geworden!

Mia steckt das Handy in die Schürzentasche, geht aus dem Zimmer, dreht sich an der Tür nochmal um und lächelt Mann und Kinder an, jetzt wieder seelenruhig:

MIA
Was ist? Aufräumen hier! Und dann Tischdecken! Zack, zack! Essen ist fertig.

180.
INNEN - SCHLAFZIMMER /VERA - TAG

Mia hat aufgelegt. Vera starrt verblüfft auf ihr Handy.

181.
INNEN - WOHNUNG VERA /KÜCHE – NACHT

Vera sitzt schniefend und hustend in ihrem alten Bademantel am Küchentisch und löffelt ihre Suppe. Der Affe sitzt ihr gegenüber am gedeckten Abendbrottisch. Kerzenlicht und Weihnachtsmusik aus dem Radio. Vera lächelt dem Affen aufmunternd zu.

VERA
Wir haben es doch gut zusammen, etwa nicht?!

Vera isst weiter, schaut wieder hoch in das Affengesicht und lässt plötzlich den Löffel in den Suppenteller platschen.

VERA (empört)
Ach: Ich bin feige? *Ich* bin also feige! Phh!

Vera löffelt wieder bockig ihre Suppe.

VERA
Das sagst *du mir?* Nach allem, was ich für dich -
Ich hol dich aus dem Müll. Biete dir ein Heim, Geborgenheit...

Vera hört auf zu essen und starrt immer noch den Affen an. Plötzlich springt sie auf und stürzt sich in Windeseile in Jeans und Pulli.

VERA
Feige. Ha! Das wollen wir doch mal sehen. Wer hier feige ist!

182.
INNEN - HAUSFLUR/VERA/DAVID - TAG

Vera steht vor Davids Tür, klingelt Sturm und trommelt schließlich mit den Fäusten gegen die Tür. Nichts rührt sich. Die Hausmeisterin kommt mit Eimer und Schrubber die Treppen herunter und stellt beides auffordernd vor Vera hin.

HAUSMEISTERIN
Da brauchen Sie gar nicht zu klingeln. Der ist weg. Ausgezogen. Vorhin erst.

Vera packt die Hausmeisterin grob am Arm.

VERA
Was? Wie? Wohin?

Die Hausmeisterin reibt sich den schmerzenden Oberarm.

HAUSMEISTERIN
Aua! Was weiß ich -

Vera saust wieder in ihre Wohnung. Die Hausmeisterin seufzt resigniert und fängt an, den Hausflur zu putzen. Jetzt kommt Vera, im Mantel, wieder aus ihrer Haustür und stürmt an der Hausmeisterin vorbei die Treppen herunter.

HAUSMEISTERIN
He: und was ist mit der Treppe? Sie sind dran.

VERA
Keine Zeit. Muss ins Krankenhaus.

Die Hausmeisterin beugt sich über das Geländer und ruft Vera hinterher.

HAUSMEISTERIN
Schaffen Sie sich mal 'ne ordentliche Handschrift an! Dann klappt's auch mit dem Nachbarn!

183.
INNEN - VW-BUS - TAG

David steht auf der Autobahn A24 Richtung Berlin im Stau. Aus dem Radio klingt das unvermeidliche „last christmas" von George Michael. Er schaltet ab, trommelt auf dem Lenkrad herum und träumt aus dem Fenster.
David greift in die Reisetasche neben ihm auf dem Beifahrersitz und holt Veras Foto heraus. Er stellt es aufs Armaturenbrett, holt die Spieluhr und die blaue Kugel her-

aus und stellt sie daneben. David kramt wieder in der Tasche, stutzt und wühlt weiter darin herum: Der Arzt-Teddy fehlt! Der Verkehr kommt wieder in Gang. David fährt bei der nächsten Ausfahrt von der Autobahn herunter.

184.

AUSSEN - STRASSE/HAUS VERA/DAVID - NACHT

An allen Fenstern wieder weihnachtliche Leuchtketten, durch die Wohnzimmerfenster sieht man Weihnachtsbäume mit brennenden Kerzen.
Nur Veras Fenster sind dunkel.
David parkt den VW-Bus vor dem Haus, steigt aus, schaut an den Fenstern hoch und geht ins Haus.

185.

INNEN - HAUSFLUR/VERA/DAVID - NACHT

Die Hausmeisterin holt ihr gewaltiges Schlüsselbund aus der Schürzentasche und schließt für David die Wohnungstür auf.
David geht hinein und kommt mit dem vergessenen Teddy zurück. Die alte Hausmeisterin schließt kopfschüttelnd hinter ihm ab. David läuft die Treppen herunter. Die Hausmeisterin lehnt sich übers Geländer.

HAUSMEISTERIN
Wie kann man bloß nach Berlin! Hamburg ist doch viel schöner!
Wo wohnen Sie denn da? Geht mich zwar nichts an -

DAVID
Stimmt!

HAUSMEISTERIN
Phh. Mir doch schnuppe! Aber Ihre Nachbarin, die sucht Sie. Ganz dringend.

David rennt die Treppe wieder hoch, reißt die völlig überrumpelte Hausmeisterin an sich und küsst sie auf beide Wangen.

DAVID
Warum sagen Sie das nicht gleich!

Richard und Mario kommen gerade mit ihrem Kind die Treppen hoch. David und die Hausmeisterin bemerken sie noch nicht. Die Hausmeisterin trägt eine altmodische, kurzärmelige Kittelschürze. Sie hält jetzt David ihren nackten Oberarm entgegen und zeigt ihm ihren blauen Fleck.

HAUSMEISTERIN
Hier: *So* gepackt hat sie mich. Als ich gesagt hab: "Der ist weg!"

David küsst jetzt mehrmals hingebungsvoll den blauen Fleck auf dem welken Oberarm der alten Hausmeisterin und murmelt dabei vor sich hin.

DAVID
Danke, Danke, Danke! Sie wunderbare Frau!

Mario und Richard schauen einander verblüfft an und blasen beeindruckt die Backen auf. Die Hausmeisterin lächelt verwirrt. David läuft jetzt zu Veras Tür und klingelt.

HAUSMEISTERIN
Na: Jetzt ist sie weg. Ins Krankenhaus, glaub ich -

186.
INNEN - KRANKENHAUS/EINGANG – NACHT

Vera steht vor dem Empfangstresen, hinter dem eine ältere, strenge EMPFANGSSCHWESTER sitzt. Die Empfangsschwester gibt gerade Davids Foto an Vera zurück.

EMPFANGSSCHWESTER
Tja: da kann ich Ihnen auch nicht helfen. Ich weiß nur: der hat gekündigt. Ist wohl nach Berlin.

Die Schwester wendet sich ab. Vera beugt sich über den Tresen.

VERA
Bitte! Ich brauch seine Handy-Nummer!

Ich hab schon alles versucht -

Die Empfangsschwester dreht sich genervt zu ihr um und mustert sie geringschätzig.

EMPFANGSSCHWESTER
Sie wollen seine Freundin sein? Und haben noch nicht mal seine Handy-Nummer! Also echt!

VERA
Ja, mein Gott. Das hab ich Ihnen doch alles schon -
Es ging ja alles so schnell. Er war mein Nachbar und - das ist zu kompliziert jetzt, aber -

EMPFANGSSCHWESTER
Und *ich* hab *Ihnen* erklärt, dass wir keine privaten Nummern herausgeben dürfen!

Die Schwester mustert Vera von Kopf bis Fuß.

EMPFANGSSCHWESTER
Sie sind übrigens nicht die Erste, die fragt.

Vera verdreht die Augen. Die Schwester dreht sich ungerührt wieder zu ihrem PC um.

EMPFANGSSCHWESTER
Wenn es wenigstens ein *Notfall* wäre.

Die Schwester hat sich abgewandt und tippt wieder in ihren PC. Vera sieht sich ratlos um. Ihr Blick fällt auf eine HOCHSCHWANGERE FRAU in der Sitzecke der Wartezone. Vera holt tief Luft und überwindet sich.

VERA
Aber, aber - es *ist* ja ein Notfall. Ich äh, ich bin schwanger!

Die Empfangsschwester dreht sich wieder zu Vera um und prustet los.

EMPFANGSSCHWESTER
Also *das* sagt ja nun echt *jede*!

Die Empfangsschwester wendet sich wieder ihrer Arbeit zu. Vera bleibt unschlüssig am Tresen stehen. Eine JUNGE EMPFANGSSCHWESTER kommt jetzt zum Tresen. Die ältere Empfangsschwester steht sofort auf.

ÄLTERE EMPFANGSSCHWESTER
Na endlich! Ich warte seit zwanzig Minuten auf dich!

Die junge Krankenschwester zuckt die Achseln und nimmt ihren Platz hinterm Tresen ein. Die ältere Empfangsschwester greift ihre Tasche und verschwindet.

187.
INNEN – KRANKENHAUS/EINGANG - NACHT

Vera steht unschlüssig in der Halle herum.
Sie steuert auf die Wartezone mit Sitzgruppe und Gummibäumen zu, setzt sich und denkt nach.
Vera gegenüber sitzt noch immer die hochschwangere Frau neben ihrem Mann, hält ihren monströsen Bauch und macht hechelnde Atemübungen. Ihr Bauch ist so dick, dass sie den Wintermantel darüber nicht mehr schließen kann.Vera betrachtet die hechelnde Frau fasziniert. Die Frau spürt Veras Blicke und lächelt. Vera steht auf und sieht sich suchend um.

188.
INNEN - KRANKENHAUS/FLUR – NACHT

Vera geht den Gang entlang Richtung Besuchertoiletten. Jetzt sieht sie vor der geöffneten Tür eines Patientenzimmers einen Putz- und Wäschewagen, an dessen Seite ein grüner Wäschesack hängt. Vera schaut sich rasch um: kein Personal in der Nähe.
Vera schnappt sich den halb gefüllten Wäschesack und verschwindet damit blitzschnell im Besucher-WC.

189.
INNEN - KRANKENHAUS/WARTEZONE – NACHT

Vera, jetzt "hochschwanger" unter ihrem Wintermantel kommt zur Warte-Sitzgruppe zurück.

Die hochschwangere Frau sitzt noch immer hechelnd dort mit ihrem Mann. Vera setzt sich wieder und tätschelt ihren dicken Bauch.
Die Schwangere hört sofort auf zu hecheln und starrt Vera entgeistert an.
Vera beobachtet von ihrem Sitzplatz aus den Tresen mit der jungen Schwester, die damit beschäftigt ist, Besucher abzufertigen.
Endlich ist die Schwester allein am Tresen. Vera springt sofort auf und geht zum Tresen.
Die hochschwangere Frau beobachtet Vera, wie sie mit Händen und Füßen auf die junge Schwester einredet.

190.
INNEN – KRANKENHAUS/EINGANG – NACHT

Vera steht vor dem Tresen und seufzt erleichtert: die junge Schwester schreibt ihr gerade Davids Handynummer auf ein Stück Papier.

VERA
Danke! Sie retten mir das Leben!

Jetzt kommt die ältere Empfangsschwester wieder durch die Halle am Tresen vorbei, sieht die "hochschwangere" Vera mit dem Zettel in der Hand, stürzt von hinten auf Vera zu und entreißt ihr blitzschnell den Zettel mit der Nummer.

ÄLTERE EMPFANGSSCHWESTER
He - Damit kommen Sie hier nicht durch!

Die junge Schwester schaut verblüfft von einer zur anderen.

ÄLTERE EMPFANGSSCHWESTER (zur Kollegin)
Die ist doch gar nicht schwanger! Sehen Sie das nicht?

Die ältere Empfangsschwester knufft Vera in den Kissen-Bauch. Vera weicht aus und will ihr den Zettel wieder wegnehmen. Die Empfangsschwester hält ihren Arm hoch in die Luft. Vera hopst um sie herum und greift danach und schreit:

VERA
Sie geben mir jetzt sofort die Nummer, oder -

EMPFANGSSCHWESTER
Oder was?

Vera stürzt sich wieder auf die Schwester, hopst an ihr hoch und versucht ihr den Zettel mit Gewalt zu entreißen.

VERA
Ich zähl bis drei -

EMPFANGSSCHWESTER
Hoho, jetzt hab ich aber Angst -

Vera holt Luft und fängt an, gellend zu schreien. Die hochschwangere Frau und auch andere BESUCHER und PATIENTEN kommen dazu und scharen sich neugierig um den Tresen.
Die Empfangsschwester hat den Zettel noch immer in der Hand und hält den ausgestreckten Arm nach oben.
Jetzt kommt der Chefarzt mit wehendem Kittel durch die Halle gesegelt.
Die ältere Schwester schüttelt Vera ab und stürzt mit dem Zettel auf ihn zu.
Die hochschwangere Frau und die anderen Besucher und Patienten am Tresen sehen neugierig zu, wie die ältere Empfangsschwester aufgebracht auf den Chefarzt einredet und auf den Zettel und wieder zum Tresen deutet.

191.
INNEN – KRANKENHAUS/EINGANG – NACHT

David kommt atemlos durch die Tür und bleibt wie angewurzelt stehen: Vera,"hochschwanger", neben der anderen hochschwangeren Frau am Empfangstresen, wird umringt von neugierigen Besuchern und Patienten.
Etwas abseits der Chefarzt und die aufgebrachte ältere Empfangsschwester, die mit ausgestrecktem Arm auf den Tresen zeigt.

192.
INNEN - KRANKENHAUS/EINGANG/ – NACHT

Der Chefarzt drängt sich zu der Menschentraube am Tresen durch, sieht die hochschwangere Frau neben Vera, grinst und piekst sie schelmisch mit dem Zeigefinger in den Bauch.

CHEFARZT
Was ist *das* denn: ein Medizinball?
Ha, ha.

Die hochschwangere Frau weicht empört zurück, die ältere Empfangsschwester zupft den Chefarzt am Ärmel.

EMPFANGSSCHWESTER
Die doch nicht -

CHEFARZT (unbeirrt)
Von der Idee her nicht schlecht. Aber wenn Sie auch dermaßen übertreiben!

Jetzt hat auch David sich zum Tresen zu Vera durchgedrängelt. Niemand beachtet ihn, außer Vera, die ihn entgeistert anstarrt.
Vera schaut an sich herunter und zuckt hilflos die Achseln.
David schaut auf Veras dicken Bauch, grinst und pfeift anerkennend. Vera reißt jetzt blitzschnell den Wäschesack unter ihrem Mantel hervor und schlägt ihn David um die Ohren.

VERA
Blödmann.

David will Vera umarmen, sie schlägt ihn wieder mit dem Wäschesack.

VERA
Ich hab es satt. Ständig mach ich mich zum Deppen...

DAVID
Als ob du mich dazu bräuchtest.

David greift nach dem Wäschesack und will sie wieder umarmen Sie rangeln herum. Die Besucher und Patienten lachen. Der Chefarzt steht verwirrt dabei. David gelingt es endlich, Vera zu umarmen. Vera stößt ihn nochmals von sich weg und knufft ihn.

DAVID
Hallo: Schon vergessen? *Ich* hab mir Hörner aufgesetzt. Für dich. *Hörner!*

Endlich küssen sie sich und halten einander lange umschlungen.
Der Chefarzt klopft David gönnerhaft auf die Schulter und verschwindet.
Die Menschentraube löst sich auf.

Vera und David gehen, immer noch herumalbernd und sich zwischendurch küssend, zum Ausgang durch die Glastür.

EIN JAHR SPÄTER:

193.
INNEN - SCHOKOLADENFABRIK – TAG

Legionen von braunen Schokoladenweihnachtsmännern ruckeln über ein Fließband, werden binnen Sekunden einer nach dem anderen mit buntem Glanzpapier umhüllt und auf dem Fließband weitergeschoben, an dessen Ende schon eine Armee von verpackten Weihnachtsmännern in Paletten zusammengeschoben wird.

194.
INNEN – KRANKENHAUS/STATIONSBÜRO – TAG

Schwester Ingrid sitzt im Glaskasten hinterm Schreibtisch, beißt einem ebensolchen Weihnachtsmann den Kopf ab und lässt wieder den Plastik-Weihnachtsmann über den Tisch tuckern. Der Kalender hinter ihr zeigt den **23. Dezember 2008** an.

195.
AUSSEN - STRASSE/HAUS/VERA/DAVID - TAG

David trägt einen großen Weihnachtsbaum im Netz auf der Schulter zur Haustür. Neben ihm, mit Tüten beladen, die alte Hausmeisterin. Sie guckt versonnen zu Veras Küchenfenster hoch, an dem noch immer der Affe mit Käppi und Jacket am Küchentisch zu sehen ist. Sie schüttelt langsam den Kopf, tippt David auf die Schulter, sieht ihn mitfühlend an und zeigt nach oben zum Affen.

HAUSMEISTERIN
Findet wohl keine Wohnung, wie?!
Und *Ihre Frau* bringt es nicht fertig, ihn vor die Tür zu setzen, hab ich Recht?

David zuckt gutgelaunt die Achseln, geht weiter und schließt die Haustür auf.
Die Hausmeisterin folgt ihm, kurzatmig vor Neugierde.

DAVID
Mich stört er nicht. Im Gegenteil: Ohne ihn würde mir richtig was fehlen.

196.
INNEN - HAUSFLUR VERA/DAVID – TAG

David und die Hausmeisterin jetzt vor ihren Briefkästen beim Post durchgucken.

DAVID (versonnen)
Es sind so Kleinigkeiten, wie soll ich Ihnen das bloß erklären. Frühmorgens, zum Beispiel: Wenn ich so vom Nachtdienst komme. Und *sie* noch schläft. Dann sitzt *er* schon am Küchentisch. Und wartet auf mich! Na, dann mach ich uns erst mal 'ne schöne Tasse Kaffee...

Die Hausmeisterin nickt entgeistert zu jedem Wort und lauscht gebannt.

197.
HAUSFLUR/VERA/DAVID - INNEN/NACHT

Richard und Mario mit dem Kind auf dem Arm gehen langsam die Treppen hoch. Neben ihnen die Hausmeisterin, wieder atemlos vor Begeisterung, mit unterdrückter Lautstärke:

HAUSMEISTERIN
Wenn ich's doch *sage*! Richtig geschwärmt hat er!

Die Hausmeisterin bleibt stehen, stemmt die Arme in die Hüften und imitiert mit Pathos Davids schwärmerischen Ton.

HAUSMEISTERIN

"Und wenn mal ein besonders trüber Morgen ist, na, dann greif ich einfach über den Tisch. Und halt mich fest. An diesen mächtigen, sanften, behaarten Händen!"

Mario und Richard hören gebannt zu und verschlingen jedes Wort.

HAUSMEISTERIN (triumphierend)
Mhm: Das waren *genau* seine Worte!

Mario kramt wie in Trance seinen Schlüssel heraus und hantiert am Wohnungstürschloss herum. Jetzt wird von innen mit Schwung die Tür aufgerissen: David steht davor und guckt überrascht von einem zum anderen.

MARIO
Huch, sorry, du. Falsche Tür, äh -

David lächelt verständnisvoll und macht die Tür wieder zu. Richard stöhnt auf und schiebt Mario weiter die Treppen hoch.

MARIO (leise, zu Richard)
Ne "Hete!"
 Klar!
Du und dein untrüglicher Instinkt!

198.
INNEN - WOHNUNG VERA/DAVID - NACHT

David, Schwester Ingrid, Moni und Jakob, der Patient aus Davids Therapie-Gruppe, gemeinsam am Tisch bei Essen und Kerzenlicht.
Am Kopfende neben Jakob sitzt der Affe vor seinem eigenen Gedeck.
Im Hintergrund ein Weihnachtsbaum mit brennenden Kerzen und unterm Baum Berge von Geschenken und Kuscheltieren in allen Farben.
David hält einen SÄUGLING auf dem Schoß, schaukelt ihn sacht und küsst seinen kahlen Kopf.
Vera geht um den Tisch herum und schenkt die Gläser voll.
Sie schenkt dem Affen ebenfalls ein Glas ein und tätschelt ihn liebevoll.

VERA (zum Affen)
Ja, ja, du kriegst auch was, na klar.
(in die Runde)
Er ist ein *bisschen* eifersüchtig. Jetzt, wo der Kleine da ist.

Die anderen lachen. Jakob legt dem Affen mitfühlend den Arm um die Schulter und drückt ihn an sich. David winkt ab.

DAVID
Ach was. Er gewöhnt sich dran. Wenn erst das zweite Kind da ist. Und das dritte.

Vera lacht, küsst David und setzt sich dazu.

VERA
Merkt ihr was? David spult schon wieder vor!

199.
AUSSEN –STRASSE/HAUS/VERA/DAVID – NACHT

Alle Fenster mit Lichterketten geschmückt. Der Blick von der Straße durch die Fenster in die Wohnzimmer lässt überall Weihnachtsbäume mit brennenden Kerzen erkennen. Ebenso im Wohnzimmer bei David und Vera. Kirchenglocken läuten aus allen Richtungen.

JAKOB (VOICE OVER)
Jetzt will *ich* ihn endlich mal halten! Ja, komm, mein Kleiner. Komm zu deinem Patenonkel.

MONI (VOICE OVER)
Aber danach bin ich dran.

JAKOB (VOICE OVER)
Ganz schön behaart der Kleine. Bist du sicher, dass *du* der Vater - ? Aua!

Lautes Lachen und Stimmengewirr.

DAVID (VOICE OVER)
Pssst! Ruhe mal!

INGRID (VOICE OVER)
Seid doch mal still. David will 'ne Rede halten.

DAVID (VOICE OVER)
Ich mach es auch ganz kurz:
(pathetisch)
Mein liebes Kind...!

Lautes Lachen und Räuspern in der Runde.

DAVID (VOICE OVER)
Eines sollst du heute schon wissen: Egal, was passiert! Ich werde dir nie! Niemals! Deine Kuscheltiere wegnehmen!

Alle reden und lachen durcheinander. Plöppen von Sektkorken, Gläserklingen.

INGRID (VOICE OVER)
Prost -

JAKOB (VOICE OVER)
Ging ja fix -

MONI (VOICE OVER)
Auf euch Drei! -

VERA (VOICE OVER)
War's das schon? -
Na dann: Frohes Fest!

ENDE